CHEVALIER ALPHA

RENEE ROSE

Traduction par
AGATHE M
Édité par
ELLE DEBEAUVOIS

TABLE DES MATIÈRES

https://BookHip.com/QQAPBW

PROLOGUE

Bo

Le jour où tout part en couille, on ne se réveille pas en se disant « aujourd'hui, ma vie va changer ».

Non, ce n'est pas ce que je me suis dit le jour où deux membres de l'armée se sont pointés chez nous quand j'avais huit ans pour annoncer à ma mère que l'hélicoptère de mon père avait été abattu au Yémen. Et ce n'est pas ce que je me suis dit aujourd'hui.

La journée a commencé comme toutes les autres. Je me suis réveillé, j'ai pris ma douche, je suis allé au lycée, puis à l'entraînement de football américain, la routine.

Je ne m'attendais pas à entendre le crissement des pneus du shérif Gleason sur le parking qui se trouve face au terrain. Je ne m'attendais pas à ce qu'il débarque les mains sur les hanches, comme s'il comptait tous nous arrêter.

Le coach Jamison se précipite vers le bord du terrain pour aller à sa rencontre, tout tendu.

Puis ils tournent tous les deux la tête vers moi.

— Fenton ! lance le coach d'une voix résonnante.

Son autorité d'alpha me parcourt de la tête aux pieds comme une vague.

Merde.

Qu'est-ce que j'ai fait ?

J'enlève mon casque et me dirige vers eux à grands pas, comme si j'étais agacé que l'on m'interrompe, mais en fait, c'est seulement mon loup qui préfère aller au-delà du danger. Chez les mâles alpha, la fuite n'est pas envisageable. Surtout chez les loups adolescents, qui ont souvent bien du mal à maîtriser leur agressivité.

— Monte dans la voiture, grogne le shérif Gleason.

— Pourquoi ? demandé-je.

Le coach me pose une main sur la nuque, juste au-dessus de mes épaulières. Ses doigts se serrent en avertissement. Si quelqu'un d'autre me faisait un truc pareil, il serait déjà par terre, mais le coach est comme un dieu pour nous. Une meilleure figure paternelle que celles que nous avons chez nous, dans la plupart des cas. Il nous soutient *toujours*.

Je pivote pour le dévisager.

— C'est Winslow, me dit-il.

Lui au moins, il est moins con que le shérif et me met au courant.

Winslow... mon frère aîné.

— Merde.

Le coach ne me reprend pas malgré le juron, ce qui me dit que la situation est grave.

Alors je comprends de quoi il s'agit.

Ou en tout cas, je crois comprendre.

Parce que ces conneries, je les ai vues venir depuis le départ.

La question est : *que me veulent-ils ?*

CHAPITRE UN

SIX SEMAINES PLUS TÔT

Sloane

Voler la Porche 911 de 2016, c'est la partie facile. Ou en tout cas, c'est la partie marrante. Ce n'est que mon deuxième vol de voiture, mais je crois que j'ai un véritable don pour ça.

Je suis habillée comme une vraie fille à papa, avec un skinny jean, des compensées et un crop-top Balmain. Des vestiges de ma vie passée, quand j'étais réellement la petite princesse pourrie gâtée de mon père. Quand voler une voiture consistait à prendre les clés de l'une de ses douze voitures de sport.

Mes cheveux sont relevés en chignon et j'ai une casquette kaki pleine de strass enfoncée sur la tête pour cacher mon visage. Si quelqu'un jette un œil au parking, tout ce qu'il verra c'est une fille qui va avec la voiture.

Tout ce que j'ai à faire, c'est trouver la marque et le modèle que je veux dans un endroit sans caméras de surveillance. Ça fait des jours que j'arpente le parking du centre commercial de Scottsdale en évitant les caméras et les vigiles.

Enfin, j'en repère une. Une Porche 911 Carrera 4 GTS bleue, avec intérieur cuir, d'après ce que j'en vois. Son prix de vente se situe entre cent et deux cent mille dollars, en fonction du moteur et des options. Je le sais, parce que mon père avait exactement la même dans son garage, avant... avant sa chute. Avant que tout s'écroule. Avant que je sois obligée de chourer des belles bagnoles sur les parkings des centres commerciaux.

En théorie, les voitures banales, passe-partout, sont de meilleures cibles. Mais je ne peux pas me permettre de prendre mon temps ou d'éviter les risques. J'ai une date butoir pour payer des gens très dangereux, et cette Porsche rapportera gros.

Alors c'est elle que je choisis. J'ai déjà acheté une épave à la casse, ce qui me donne un titre de propriété. Il me suffira de changer quelques pièces de la voiture, y compris les plaques minéralogiques, et je pourrai revendre ce beau bébé.

Malheureusement, cela m'oblige à me fier à un garage et leur refiler la moitié des bénéfices, parce que je n'ai pas les compétences nécessaires.

Pour l'instant.

J'ai l'intention d'apprendre. En fait, je crois que je vais demander au type de me montrer comment il fait, comme ça je pourrai m'occuper de la prochaine voiture toute seule.

Je me dirige vers le véhicule comme si j'étais chez moi. Comme si la Porsche m'appartenait, je veux dire.

Comme si j'avais la maison, le boulot, le père et le mari qui allait avec cette voiture. C'est un rôle que je connais intimement. Je l'ai joué toute ma vie. J'étais prétentieuse. Arrogante. Gâtée.

La fille à papa est tombée en disgrâce.

Mon appareil fait son œuvre, et les verrous s'ouvrent.

Quelques secondes de plus, et la voiture démarre. Je conduis, libre comme l'air.

Je quitte le parking. Prends la voie express.

Je fonce vers Wolf Ridge, la communauté super bizarre qui se trouve juste après Cave Hills.

Cave Hills, la ville où je me suis retrouvée quand mon père a fini en tôle.

~

Bo

Après l'entraînement, je me rends au garage au volant de ma Triumph de 1984, parce qu'on est débordés et que mon frère et mon oncle ont désormais aussi besoin de moi en semaine.

En plus, mon meilleur ami Cole se montre rarement au boulot, ces derniers temps. Je ne sais pas ce qu'il fabrique, mais je ne veux pas l'emmerder avec ça, vu la situation désastreuse chez lui, ce semestre.

Je meurs de faim, et ça me rend super grognon.

Mais j'oublie vite ma faim, car... *bon sang.*

La première chose que je vois, c'est ses fesses. Un cul à tomber à la renverse, moulé dans un jean qui souligne le moindre de ses muscles. Et des jambes interminables encore allongées par des chaussures à semelles compensées.

Intérieurement, je pousse un sifflement admirateur.

Elle est penchée sur le capot d'une Porsche bleu électrique de 2016. Mon frère Winslow se trouve à côté d'elle et lui montre quelque chose.

Au début, je pars du principe que c'est une métamorphe,

comme presque tous les habitants de Wolf Ridge, et je me demande qui elle peut bien être.

Puis je sens son odeur.

Humaine.

Une humaine qui aurait pu être des nôtres. Car elle est bâtie comme une louve. Grande. Charpentée. Robuste. Athlétique. Si elle a des jambes aussi musclées, ce n'est pas en restant dans son lit à jouer sur son téléphone.

Et – oh la vache – quand elle se redresse et se tourne vers moi, j'ai une érection. Parce qu'elle est jeune. Mon âge, peut-être. Et elle est très belle. Des cheveux couleur caramel avec des reflets roux, des yeux cuivrés, et un grain de beauté qui lui donne des airs d'actrice à l'ancienne.

J'ai envie de la prendre sur le capot de la 911. Puis je vois le logo étiré sur sa poitrine. *Équipe de Cross de Cave Hills.*

Ça explique ses jambes fuselées. Et sa voiture hors de prix. Apparemment, elle a abîmé la bagnole de papa et vient la faire réparer avant qu'il s'en rende compte.

Je ne sais pas si c'est parce que je suis affamé ou si c'est parce que je bande tout en sachant que je ne peux pas l'avoir, mais je la trouve immédiatement antipathique. Encore une sale petite bourge pourrie gâtée de Cave Hills. Les élèves de ce lycée ne viennent à Wolf Ridge que quand ils cherchent les ennuis. Et cette fille, c'est la définition même des ennuis.

Winslow m'aperçoit. Il s'interrompt pour me jeter un regard qui veut dire *qu'est-ce que tu veux, putain ?*

C'est là que je comprends qu'il y a un truc pas clair.

Il ne me regarderait pas comme ça si je l'avais simplement interrompu. Il ne s'intéresse pas aux humaines. Il déteste les gens de son espèce.

Ce qui signifie qu'il veut me tenir à l'écart pour d'autres raisons.

— T'as pas une portière à remplacer sur la Volkswagen ?

me demande-t-il en pointant le pouce vers une autre partie du garage.

Nous attendons la livraison de la portière, et la Volkswagen est mon projet, pas le sien. À présent, je suis certain qu'il cherche à se débarrasser de moi.

— Si. OK.

Je ne bouge toujours pas.

Un frisson me monte dans la nuque. Je jette un nouveau coup d'œil à la Porsche. Finalement, ce n'est peut-être pas la voiture du père de cette fille. Que regardaient-ils sous le capot ?

Un malaise s'empare de moi. C'est un avertissement dont j'ai l'habitude : je ressens toujours ça, quand mon frère s'apprête à faire un truc débile. Ou dangereux. Quelque chose dont je vais devoir tenter de le dissuader.

Bon sang.

J'espère que ce n'est pas un véhicule volé qu'il compte maquiller pour cette fille.

En me voyant rester planté là, Winslow montre les dents, et ses yeux prennent une teinte dorée. Le loup en moi réagit à cette menace de façon viscérale.

Je n'ai d'autre choix que de baisser les yeux et de lever le menton pour lui présenter ma gorge. Mon frère a un tempérament violent, et il est vachement dangereux, même avec les membres de sa famille. Je laisse tomber mon sac à dos par terre et me dirige vers la Volkswagen.

Winslow monte le volume de la radio.

Sloane

— C'est ton frère ?

— C'est Bo.

Pas vraiment une réponse, mais je vais prendre ça pour un *oui.* Ce garagiste est flippant. On m'a donné son nom en me disant qu'il pourrait sans doute m'aider à maquiller des voitures, et il paraît compétent. Mais je ne lui fais absolument pas confiance.

Voir son petit frère me rassure un peu, toutefois. Bon d'accord, son jean est déchiré et taché de graisse, mais son tee-shirt avec le logo de l'équipe de football américain de Wolf Ridge moule ses muscles, et mis à part son pantalon, il est propre sur lui. Beau, même.

Je n'ai pas l'habitude d'être traitée avec le mépris que me réserve Winslow Fenton, mais la présence de son frère suffit à me mettre plus à l'aise. En sa présence, j'ai l'impression qu'il ne peut rien m'arriver.

Et bien sûr, c'est sans doute le genre d'impression débile qui prouve que l'on a tendance à se fier plus facilement aux gens séduisants. Bien habillés. Sexy. Ce n'est pas parce qu'il a à peu près mon âge et qu'il est superbe qu'il me défendra comme un preux chevalier si son frère décide de me doubler.

— Il n'a rien à voir avec tout ça, me dit Winslow d'une voix menaçante. Pigé ?

— Oui, carrément. Je comprends.

Nous sommes tous les deux penchés sur le capot de la Porsche comme si nous débattions du nombre de chevaux du véhicule. Je dois prendre sur moi pour ne pas jeter un œil vers le dos large de Bo et ses fesses musclées. *Concentre-toi, Sloane, bon sang.*

— Alors, quand est-ce que tu penses pouvoir m'obtenir une nouvelle carte grise ? lui demandé-je.

— Laisse-moi gérer tout ça. Je la vendrai. Ensuite, je te filerai ta part.

Ah non, hors de question.

— Ce n'est pas ce qui était prévu. Tu m'obtiens la carte grise. C'est moi qui la vends.

Il laisse échapper un grognement amusé.

— Toi, tu vas la vendre ?

— Oui, on s'était mis d'accord.

Il a un rictus.

— Désolé, ma belle. Personne n'achètera une Porsche à plus de cent mille dollars à une gamine de seize ans.

— Dix-sept ans, corrigé-je, même si ça ne change pas grand-chose. Si je suis capable de la voler en plein jour sur le parking d'un centre commercial, je suis capable de la vendre.

Et en plus, je suis plutôt bonne négociatrice. J'ai été obligée d'apprendre beaucoup de nouvelles compétences, ces six derniers mois.

Il secoue la tête, l'air faussement désolé.

— Désolé, ma sœur. Si j'ai la carte grise, c'est qu'elle est à moi. Logique, non ?

Mon cœur se met à battre la chamade. Ce type est louche, mais ça, je le savais dès le départ. C'est le risque, quand on se lance dans le trafic de voitures volées.

Il se frotte le nez d'un doigt graisseux, laissant une tache noire sur son visage. Nous sommes face à face sous le capot. Il sent le métal, la sueur, et cette odeur d'alcool rance des gens qui ont trop bu la veille.

À présent que j'ai vu son frère, je sais que dans d'autres circonstances, Winslow pourrait être séduisant. S'il prenait soin de lui et qu'il changeait de coupe de cheveux. Et s'il n'avait pas l'air aussi agressif.

Je serre les mâchoires.

— On se partage l'argent cinquante-cinquante.

— Soixante-quarante.

Inutile de lui demander qui aurait les soixante.

Ce type continuera de m'arnaquer. La prochaine fois, il passera à soixante-dix-trente, enfin, si je le revois. Il faut que je reprenne la main, et vite.

Je prends une grande inspiration et tente d'imiter mon père. Il était capable de convaincre n'importe qui de n'importe quoi. Et il ne se servait jamais de la peur pour faire céder les gens, contrairement à beaucoup de commerciaux. Parce qu'après tout, les arnaques, c'est de la vente. Non, mon père poussait les gens à croire qu'ils avaient le même objectif que lui. Il leur faisait croire que c'était ce dont ils avaient envie.

— Écoute, Winslow, dis-je, appuyée au pare-chocs de la Porsche. Comme je te l'ai déjà dit, je cherche un associé. J'ai déjà acheté l'épave d'une Mercedes Benz Classe C à la casse pour un prochain vol. Mais si tu es du genre à ne pas tenir parole, ça ne pourra pas fonctionner. Il faut qu'on se fasse assez confiance pour faire fructifier notre affaire.

J'insiste sur les mots *tenir parole* et *confiance* dans l'espoir de réveiller ces qualités chez lui, mais je doute qu'il les possède.

Si je n'avais pas vu son frère, qui semblait bien sous tous rapports, je n'aurais même pas tenté le coup. Mais, miracle, ça fonctionne.

Winslow bombe le torse et hoche la tête.

— D'accord, cinquante-cinquante. Mais c'est moi qui la vends.

— On y va tous les deux.

Il me fait le même rictus que tout à l'heure.

— Je ne t'emmène pas avec moi. Tu feras tout foirer. Mais je te donnerai ta part, à la loyale.

— Tu as plus à perdre que moi. Je ne suis pas encore

majeure. Si je me fais prendre, je me ferai gronder. Si toi tu te fais chopper, tu risques la prison.

Il se pince la lèvre inférieure en m'observant. Il jette un regard à son frère, comme s'il envisageait d'envoyer Bo vendre la voiture à notre place. Mais il secoue vite la tête.

— Je prends le risque.

— Je t'accompagne, insisté-je.

— Hors de question. Retourne dans ton lycée privé et attends un message de ma part.

Mon estomac se serre. J'essaye de ne pas lui montrer mes doutes, cependant. Nous sommes des associés qui tiennent parole et qui se font confiance. Ou en tout cas, c'est le baratin que je lui ai sorti. Il faut que je lui montre ma bonne foi.

— J'ai besoin qu'on me reconduise, dis-je.

Winslow lève les yeux au ciel et sort la tête du capot.

— Fait chier, lâche-t-il avant de jeter un regard à son frère. Bo !

Sa version plus jeune et bien plus canon nous rejoint en s'essuyant les mains sur un torchon blanc.

— Ouais ?

— Il faut que tu la ramènes à Cave Hills.

Il plisse les yeux.

— Comment ? demande-t-il en agitant les bras tout en regardant autour de lui.

— À moto. Bouge-toi le cul. Je veux que tu reviennes terminer le boulot ce soir.

Bo serre les mâchoires, et il semble prendre une lente inspiration.

— Bon, d'accord.

Il hausse les sourcils dans ma direction et tend le bras comme un majordome.

— Par ici, Madame.

Finalement, il est peut-être aussi con que son frère.

Tant de beauté gâchée par une personnalité arrogante. Dommage. Non que j'aie espéré quoi que ce soit. J'ai... simplement aimé l'admirer.

Je ne suis pas une poule mouillée, mais je n'ai encore jamais roulé à moto. Et chaque fois que je me suis imaginé le faire, c'était derrière un mec de confiance. Quelqu'un de sexy, mais pas désagréable et grognon comme Bo.

Là, je suis obligée de mettre ma vie entre les mains d'un inconnu.

Je prends le casque qu'il me tend et déglutis.

— T'as peur, princesse ? raille-t-il.

Il porte une plaque militaire autour du cou. De près, il est encore plus beau que je l'avais cru. Ses yeux bleu glacier contrastent avec sa peau hâlée et ses cheveux bruns ébouriffés. Ses lèvres sont pulpeuses, contrairement au reste de son corps. Il est composé à cent pour cent de muscles fermes. Il doit sans doute jouer au poste de défenseur, et quand il percute les membres de l'équipe de Cave Hills, il doit les faire pleurer.

Je rejette mes cheveux en arrière avant de mettre le casque. Il est trop grand, et mon petit effet est gâché par mon incapacité à l'attacher.

Pour parfaire mon humiliation, Bo est obligé de s'approcher pour m'aider à ajuster les sangles jusqu'à ce qu'elles soient bien serrées sous mon menton. Ses gestes sont pleins d'adresse et d'assurance, et une fois sa tâche accomplie, il donne une tape sur le casque, comme si j'étais une gamine.

— Tu n'en portes pas, toi ? lui demandé-je.

— Nan, sinon j'en aurai deux pour le retour.

Comme si c'était plus embêtant que de se fracasser le crâne. Il sort des lunettes de soleil de sa sacoche et les enfile. On dirait qu'il sort tout droit d'un set de cinéma. Comme

Chris Hemsworth, mais en version jeune et bad boy. Et version connard.

— Prête ?

Il passe une jambe musclée au-dessus du siège et me regarde. Quand je grimpe maladroitement derrière lui, il jette un coup d'œil sceptique à mes chaussures compensées.

— En temps normal, je ne te laisserais pas monter avec des talons pareils, mais j'imagine que tu n'as pas trop le choix, hein ?

— Non.

Prendre un taxi aurait été une meilleure idée.

Pourquoi n'y ai-je pas pensé ? J'étais trop occupée à négocier avec Winslow. À lui montrer ma confiance pour qu'il s'en montre digne.

Et voilà où ça me mène.

Sur une moto, à risquer ma vie.

Il démarre sa Triumph, et le seul avertissement que me donne ce connard avant de foncer, c'est un regard par-dessus son épaule.

Je ravale un hurlement et lui agrippe la taille, complète-ment paniquée. Je mets trois ou quatre kilomètres à me rendre compte que mes doigts sont enfoncés dans sa peau à travers son tee-shirt fin, mais j'ai beau essayer de me détendre, je n'y parviens pas.

Je suis incapable de jouer les filles cool.

Bo s'arrête à un feu et tourne la tête.

— Tu flippes ?

— Noo-on.

Ce simple mot prend deux syllabes alors que je mens comme un arracheur de dents. Il pose la main sur mes doigts crispés. Sa paume est large et rêche. Calleuse à cause de son travail et peut-être à cause du football, je ne sais pas. Il saisit ma main et la fait passer devant son corps pour la poser sur ses abdos en béton.

— Oh... désolée ! Je te faisais mal ?

Normalement, les mecs ne me font pas perdre mes moyens. En fait, c'est plutôt moi qui les mets dans tous leurs états, surtout les lycéens. À treize ans, je faisais déjà un mètre soixante-quinze, alors je n'ai jamais pu ignorer l'effet que j'ai sur le sexe opposé. Mais là, je suis complètement à la ramasse.

Tout ça, c'est la faute de cette moto. Pas des yeux bleus et des abdos de Bo.

Il lâche un petit rire, qui n'aurait pas dû me rendre toute chose comme ça.

— Aucune chance, Gambettes.

— *Gambettes* ? C'est comme ça que tu m'as appelée ?

Le feu passe au vert, et il démarre à nouveau sans prévenir.

Je passe l'autre bras autour de sa taille, et à présent, je suis collée à son dos comme un koala. Enfin, eux s'accrochent plutôt au ventre, non ? Comme un chimpanzé, alors, cramponné à sa maman qui saute d'arbre en arbre.

Puis nous prenons la voie express qui mène à Cave Hills. J'ignore combien de kilomètres ma peur met à se transformer en quelque chose d'autre. Quelque chose de plus chaud, de plus vivant. Quand nous descendons la colline, je suis pleine d'adrénaline et je halète sous mon casque, les mains plaquées contre le ventre de Bo. La chaleur de son corps irradie jusqu'au mien. Sa moto a l'effet d'un vibromasseur géant entre mes jambes.

Je m'en veux d'être aussi excitée par ce scénario. Les motos, ça n'a rien de cool. Et les mecs qui en font sont des ploucs sans personnalité.

Sauf que mon corps ne semble pas de cet avis. Ou alors,

cela n'a rien à voir avec la moto, et tout à voir avec le grand sportif contre lequel je suis collée.

Bo

Je fais exprès de lui faire peur, parce que je suis un con.

Je suis un con, et *j'adore* la pousser à hurler et à crier de terreur chaque fois que j'accélère.

En plus, ça ne me dérange pas du tout de sentir ses bras fins presser mes côtes dès que je tourne.

Je suis quasiment certain de l'avoir entendue marmonner *tu fais chier* la dernière fois que j'ai zigzagué entre les voitures.

Ça lui apprendra. Elle est louche, cette fille, et elle risque d'attirer des ennuis à mon frère.

— On va où ? m'enquiers-je quand nous atteignons Cave Hills.

— Au coin de la cinquième et de Davidson.

Elle commence à me lâcher, mais j'appuie sur l'accélérateur, et elle s'agrippe de plus belle.

— Tu le fais exprès, dit-elle d'un ton accusateur en refermant les doigts sur mon tee-shirt.

Elle n'est pas née de la dernière pluie. Mais bon, pour voler des voitures, il faut être malin. Ou très bête. Mais elle ne me semble pas stupide pour un sou. Quand elle parlait à mon frère, j'ai vu la méfiance sur son visage, ce qui me dit qu'elle comprend ce qu'elle risque.

Je la conduis à l'intersection qu'elle m'a indiquée.

— Et maintenant ?

Je m'attends à moitié à ce qu'elle descende là pour ne pas me montrer où elle vit, mais elle me conduit à sa maison. En fait, elle ne vit pas dans l'une des villas à plusieurs millions de dollars qui forment le quartier huppé de Scottsdale. Elle vit dans une maison de ville, agréable, mais pas gigantesque.

— C'est quoi, cette histoire de Porsche ? m'enquis-je à brûle-pourpoint alors que je la regarde descendre maladroitement sans lui proposer mon aide.

Je sais que Winslow ne me dira rien, et je veux qu'elle confirme mes doutes.

— C'est celle de mon père. Il n'est pas en ville, et je l'ai abîmée. Ton frère m'a dit qu'il m'aiderait à la réparer discrètement.

— Elle ne m'a pas parue cabossée.

— C'est déjà réparé. Il ne reste plus qu'à passer un petit coup de peinture.

Elle tire sur la sangle du casque, comme si je la retenais en otage.

— Ton frère m'a dit qu'elle serait prête demain, ajoute-t-elle.

Ouais, c'est ça. Elle me raconte des conneries, évidemment.

Elle parvient à ôter le casque, et elle agite ses longs cheveux épais.

Je n'ai pas envie d'être affecté à ce point par sa beauté. Je cherche un défaut. Un détail qui me permettra de la jeter aux oubliettes. Mais même le gros grain de beauté qu'elle a sur la joue semble exister pour la rendre plus séduisante aux yeux des hommes. Ou des femmes. Aux yeux de n'importe quel être vivant, en fait.

Elle n'a pas l'air d'avoir sa place dans un lycée. Elle fréquente sans doute les fêtes de l'université depuis qu'elle est pubère. Elle est renversante.

Et ça me la rend insupportable.

— Merci de m'avoir raccompagnée, Bo, dit-elle en me tendant le casque.

— J'ai oublié ton nom.

Je ne prends pas le casque. Elle a l'air pressée de filer, et je n'ai pas l'intention de lui faciliter la tâche.

— Je ne te l'ai pas donné, réplique-t-elle.

Elle m'enfonce le casque dans le ventre, et quand je ne l'attrape pas, elle le lâche et tourne les talons. J'attrape le casque avant qu'il tombe par terre.

— T'es pas obligée de te comporter comme une garce, lancé-je dans son dos.

Non que je pense ça d'elle – même si je réserve mon jugement –, mais je veux la faire réagir.

Et ça marche.

Elle pivote, les joues rouges.

— Classe, dit-elle en marchant à reculons. Très classe.

Je souris, car la voir en colère me fait bander.

— La classe, c'est pas mon truc. À demain, alors ? Sa Majesté nécessitera-t-elle qu'on vienne la chercher ?

Je m'attends à ce qu'elle rougisse, à ce qu'elle s'emmêle les pinceaux dans ses mensonges, mais elle est trop fine pour ça. Elle m'adresse un doigt d'honneur et déverrouille sa porte.

Oui, elle est synonyme d'ennuis.

Et je ne pourrai pas dissuader Winslow de traiter avec elle.

Je grave l'adresse de cette fille dans ma mémoire. S'il arrive quelque chose à mon frère à cause de ses conneries, je la détruirai.

Juste après l'avoir mise à genoux devant ma braguette ouverte.

CHAPITRE DEUX

Bo

La lune est presque pleine, les gars, nous dit le coach Jamison dans les vestiaires après l'entraînement.

Nous avons le droit à ce discours tous les mois, et au bout de quatre ans, je suis capable de le réciter les yeux fermés.

Mais je sais que c'est important, surtout pour les élèves de seconde qui sont toujours en pleine puberté.

— Entre la sortie de la meute et le match, enfermez-vous dans vos chambres. Ne vous approchez d'aucune femme... ou d'aucun homme, si c'est plus votre genre. Je ne juge pas.

Il fait les cent pas dans les vestiaires alors que nous sortons de la douche, enveloppés dans nos serviettes, debout devant nos casiers.

— Vous avez les hormones en feu, les gars. Vous représentez un danger pour la communauté. La lune amplifie vos désirs. Elle vous rend trop agressifs. Branlez-vous avant le match. Je ne veux pas d'excès de testostérones pendant le match contre Lakeside. Je ne peux pas prendre le risque que vous brisiez la nuque d'un humain.

— Et à part pour la masturbation, gardez votre braguette fermée. Je ne vous dirai pas d'utiliser des préservatifs, parce qu'*il est hors de question que vous vous envoyiez en l'air ce week-end.* Même si vous êtes en couple – non, surtout si vous êtes en couple –, prenez vos distances demain soir. Et je ne suis pas pour que vous assouvissiez vos désirs avec des humaines. Vous êtes encore plus dangereux en leur présence. Elles ne sont pas en mesure de se défendre. Si l'un d'entre vous agressait ou violait l'une d'entre elles – qu'elle soit humaine ou louve –, vous serez virés de l'équipe, et je vous réglerai votre compte moi-même. Compris ?

— Oui, Coach Jamison, répondons-nous en chœur.

— Plus fort.

— *Oui, Coach Jamison,* crions-nous, faisant résonner nos voix sur les casiers en métal.

— Wilde, surveille les gars de l'équipe pendant la course de la meute, ordonne le coach au capitaine de l'équipe, l'un de mes amis.

— Oui Monsieur, répond celui-ci en enfilant son tee-shirt.

Le coach donne beaucoup de responsabilités à Wilde, raison pour laquelle je suis bien content de ne pas avoir été nommé capitaine. Oui, je suis un alpha. Ce n'est pas pour rien que mes potes et moi sommes appelés des alpha-brutis au lycée. Mais diriger l'école et diriger la meute, ça n'a rien à voir. Au lycée, nous nous rebellons. Nous n'écoutons personne, sauf notre coach, et nous faisons ce qui nous chante. C'est nous qui établissons les règles au lycée de Wolf Ridge. Qui est populaire. Qui est invité à la mesa. Qui est digne de nos attentions.

Mais désormais, Wilde doit faire respecter les règles. Même si la liste de Jamison est courte : ne pas se battre avec des humains. Ne pas mettre de filles enceintes, qu'elles soient humaines ou métamorphes. Ne pas violer. Ne pas donner de morsure d'accouplement, même quand on croit être amoureux.

Nous quittons les vestiaires, mais notre alpha-bruti le plus agressif, Cole, s'attarde à l'intérieur.

— Austin, tu peux ramener Casey, ce soir ?

Abe, le petit frère d'Austin, s'approche justement pour être ramené. Il n'est qu'en seconde, mais il joue déjà avec nous, ce qui en dit long sur son talent, parce que dans cette équipe, nous sommes tous d'excellents athlètes.

Austin regarde Cole, les yeux plissés.

— Ouais, pourquoi ?

Nous savons tous pourquoi.

Quand Cole s'est pointé à l'entraînement, l'odeur de l'humaine lui collait au corps. L'odeur de sa voisine ; celle qu'il déteste parce sa mère a piqué le boulot de son père.

Mais tout le monde sait que la haine est très proche d'une tout autre émotion. L'obsession, si vous voulez mon avis. Je l'ai vu traîner près du casier de cette fille.

Cole hausse les épaules.

— Il faut que j'aille voir un prof au sujet d'un devoir.

Mais bien sûr.

Peu importe. Moi aussi, je bande pour une humaine.

Après avoir conduit cette emmerdeuse à Cave Hills, je me suis branlé toute la nuit. Son odeur refusait de quitter mes narines. Elle avait imprégné mon tee-shirt quand elle avait collé ses seins à mon dos sur la moto, alors j'ai enveloppé le vêtement autour de mon membre et me suis imaginé qu'elle me masturbait pour me remercier de l'avoir raccompagnée.

Je me suis endormi avec son image dans la tête, surtout son mouvement de cheveux et son *je ne te l'ai pas donné* alors qu'elle s'éloignait. À chaque fois que je me repassais ce moment, je répliquais différemment. Physiquement, dans la plupart des cas. Et ça se finissait toujours avec cette fille à genoux devant ma queue, à me supplier de la laisser me sucer.

Ouais, comme si ça risquait d'arriver en vrai.

Le problème, avec le porno, c'est que le sexe normal devient aussi ennuyeux qu'un cours d'histoire.

Sloane

J'enlève l'antivol de mon vélo après l'entraînement de cross et m'assois sur la selle. J'ai toujours les jambes en coton après avoir couru, mais ça ne me dérange pas de pédaler jusqu'à chez moi. En fait, monter en voiture et conduire ne ferait sans doute que me crisper les muscles. Repousser encore un peu mes limites me fait du bien.

À moins que je sois maso.

Ma voiture, ou plutôt, celle que mon père me laissait utiliser, fait partie des nombreux objets saisis par l'État quand il s'est fait arrêter. Alors je mérite sans doute de pédaler un peu.

Ce qui est sûr, c'est que je ne mérite pas le luxe d'avoir une voiture et je devrais avoir honte d'en avoir eu une, vu qu'elle avait été achetée avec de l'argent sale. Je secoue la tête pour chasser le souvenir de l'arrestation de mon père. L'expression sur le visage de mes amis, des gens que j'avais connus toute ma vie et qui se détournaient désormais d'un air méprisant sur mon passage quand je traversais les couloirs entre deux cours.

Apparemment, il n'y a pas que les fils qui doivent expier les péchés du père. Les filles aussi.

Avant de me mettre en route, je consulte mon portable

une dernière fois pour voir si Winslow m'a envoyé un message.

Si je n'ai pas l'argent ce soir, je suis foutue.

Aucun message.

Merde.

J'appuie sur la pédale de droite et me mets à rouler à toute vitesse, comme si cela me permettait de fuir les délits de mon père.

Mais aujourd'hui, je suis incapable d'échapper à la noirceur qui m'entoure.

Qui m'envahit.

Le vent souffle sur mon visage, et soudain, je me remémore l'air cinglant sur ma peau que j'ai senti la veille sur la moto de Bo. La sensation de ses muscles gonflés sous son tee-shirt en coton. Sa voix grave et rocailleuse.

Ma culotte est humide, et je me frotte à ma selle pour soulager la douleur entre mes jambes. Je ne sais pas pourquoi je trouve ce petit con arrogant aussi sexy, mais je n'y peux rien.

Ça doit être son côté bad boy. La moto et l'attitude rebelle.

Le bleu glacier de ses yeux qui me jugent. Pour un délit que j'ai vraiment commis ou toute autre chose, je l'ignore.

Tout ce que je sais, c'est qu'il ne m'aime pas.

Et son frère non plus, même si ça me dérange beaucoup moins.

Les lycées de Wolf Ridge et de Cave Hills entretiennent une rivalité de longue date. Leur animosité envers moi vient peut-être de là. Je ne sais pas. Je suis nouvelle ici, mais les élèves de Cave Hills ont tout, et ceux de Wolf Ridge n'ont rien.

Avant, je faisais partie de ceux qui ont tout. Je vivais dans une maison à un million de dollars à Grosse Pointe, dans le

Michigan, l'une des banlieues les plus chics de Detroit. Mon père était agent de change.

Mais si les deux frères savaient à quel point la petite princesse est tombée bas, ils me jugeraient sans doute moins durement. La couronne m'a été fermement arrachée et piétinée.

Mon père a été envoyé en prison pour détournement de fonds l'année dernière, et il y a un mois, les gardes l'ont retrouvé pendu dans sa cellule, un drap autour du cou. Un suicide... officiellement. Vu tous les gens que mon père a arnaqués, rien n'est moins sûr.

Je vis avec ma tante maternelle et ma cousine de onze ans, et je n'ai pas un rond. C'est comme ça depuis l'arrestation de mon père.

Je m'engage dans la rue de ma tante, et mon estomac se serre.

La Lincoln Navigator noire que je ne connais que trop bien est garée sur le parking qui fait face à la maison.

J'en ai des sueurs froides.

Je ne les oblige pas à me courir après. Je ne suis pas assez bête pour ça. Je continue de pédaler et m'arrête près de la fenêtre du conducteur.

— Salut, les gars, dis-je d'un ton enjoué en agitant la main.

La vitre s'ouvre, et je me retrouve face à deux connards avec des lunettes de soleil et une expression vachement désagréable.

Ce sont Vinny et Tom, ou, comme je les ai surnommés, Sbire Un et Sbire Deux, même s'ils ressemblent plutôt à des papas divorcés d'âge moyen, avec leur calvitie et leur petite bedaine.

— Tu l'as ? me demande Vinny d'un ton impérieux.

Il porte un affreux polo couleur pêche avec un pantalon chino et des Ray Ban, comme s'il revenait du golf.

Je sors mon téléphone de ma poche et consulte de nouveau l'écran pour vérifier une énième fois si Winslow m'a envoyé un message. Toujours rien.

Connard.

— Vous avez passé une bonne journée sur le green, Messieurs ? Vous avez battu des records ?

J'essaye de faire de l'humour, d'avoir l'air assurée.

Tom, avec son polo Adidas à rayures grises et sa casquette, ouvre la bouche comme pour répondre sincèrement à ma question, mais Vinny ne se laisse pas berner.

— Fais pas la maligne, petite.

Il glisse la main sur la console entre leurs sièges pour la poser sur un revolver noir.

Je déglutis, la gorge soudain sèche.

— Je l'aurai. J'ai beaucoup de choses à fouiller. Mais je cherche. Tous les jours.

Il n'y a rien à fouiller du tout. Les quelques cartons pleins d'affaires de mon père ne comportent que des vêtements et des photos. L'alliance de ma mère...

Tom se cure les dents.

— L'heure tourne. Le boss reviendra bientôt.

De la sueur me dégouline dans le dos. Je pose les coudes sur le cadre de la vitre pour profiter de leur climatisation, mais je me redresse bien vite quand leurs regards se braquent sur mes seins. Je n'hésiterais pas à user de mes charmes pour m'en sortir, mais avec ces types, je préfère jouer la carte de la pauvre ado terrifiée.

Je choisis de leur dire la plus pure vérité :

— Même si je ne trouve pas ce que vous voulez, je peux vous donner de l'argent pour compenser. J'ai volé une Porsche, et il ne me reste plus qu'à la maquiller. Quand elle sera vendue, je suis sûr de pouvoir vous donner au moins dix mille dollars, peut-être même quinze mille. Je pourrais vous faire des paiements comme ça... en attendant de trouver ce que vous voulez.

Vinny semble réticent, mais satisfait.

— C'est vrai ? T'as vraiment volé une Porsche ?

— Oui. Si vous acceptiez que je vous donne directement les voitures, ça serait plus facile. C'est envisageable ?

— Non, répond Vinny. On n'est pas concessionnaires.

— Peut-être s'il y avait une carte grise, dit Tom en même temps que son compère.

Mais ça ne me convint pas. J'ai besoin de Winslow pour obtenir les cartes grises, et pour ça, il faut que je partage mes bénéfices avec lui.

Je fais traîner ma basket dans le gravier à mes pieds.

— Vous êtes sûr de ne pas pouvoir vous occuper de maquiller les voitures ? Je pourrais vous en rapporter tous les jours, aucun problème.

Vinny secoue la tête.

— Bien tenté, petite. Tout le monde est capable de voler une bagnole. Le problème, c'est de les revendre.

Ça, j'avais remarqué.

— En plus, intervient Tom, ça m'étonnerait que le boss apprécie. Il est contre le vol.

Il est sérieux. Je ravale un éclat de rire. Les kidnappings, les meurtres, aucun problème. Mais les vols de voitures, ça va trop loin ?

Ils me regardent d'un air patibulaire. Je n'aime pas la façon dont Tom continue de me reluquer les seins.

— Le boss te l'a déjà dit, il aurait pas de mal à te vendre au marché noir. Il se ferait un paquet de fric, avec toi. Et je viens d'apprendre que tu avais une petite cousine.

Je suis glacée et brûlante à la fois.

Il n'a pas osé.

Je sens mon visage devenir livide, et ma terreur les fait sourire.

— Elle serait parfaite, commente Vinny d'un air amusé. Elle a l'âge idéal. Les pédophiles adorent les gamines prépubères. C'est ce qui se vend de plus cher.

— Ne vous approchez pas de ma cousine, répliqué-je les dents serrées.

— Donne son fric au boss. *Tout* son fric. Il est déjà énervé que ça prenne autant de temps.

Je suis une vraie boule de nerfs.

— J'aurai l'argent. Mais vous n'avez pas intérêt à vous approcher d'elle, dis-je en agitant le doigt, comme si c'était moi qui les menaçais.

Je tremble tellement que je ne suis sans doute pas très convaincante. Je dois m'y reprendre à deux fois, mais je parviens enfin à pédaler jusqu'au garage de ma tante.

J'appuie sur le bouton de la porte, et alors qu'elle descend en coulissant, je les regarde disparaître. Ce n'est qu'après avoir entendu la Lincoln démarrer et s'éloigner que je fonds en larmes. Toute seule dans le noir, enveloppée de l'odeur d'essence et de poussière, je halète entre deux sanglots.

Sophie, le Golden Retriever de la maison, aboie et gratte à la porte, impatiente de m'accueillir.

— Une minute, Soph, dis-je d'une voix serrée en m'essuyant le visage à deux mains.

La porte s'ouvre à la volée un instant plus tard, et ma cousine Rikki me jette un regard pénétrant alors que la chienne fonce me lécher les mains.

— C'était qui, ces hommes ?

Eh merde.

— Quels hommes ?

Alors que je me dirige vers la porte je garde la tête baissée et caresse le chien.

— Ceux qui étaient dans la voiture noire. Ils avaient l'air louches.

— Ils me demandaient seulement leur chemin. Mais tu as raison, ils étaient sans doute louches. Ne t'arrête jamais pour parler à des inconnus comme je viens de le faire. C'est dangereux.

— Euh, je sais, réplique-t-elle d'un ton impatient. C'est justement pour ça que je demande.

La cuisine sent délicieusement bon, mais je passe à toute vitesse devant Tante Jen.

— Je vais prendre une douche, lancé-je avant de monter les marches quatre à quatre.

— D'accord, le dîner est presque prêt.

— J'arrive dans cinq minutes.

Je fonce dans la salle de bains qui se trouve entre ma chambre et celle de Rikki, et je ferme les deux portes à clé.

Alors, je m'autorise enfin à pleurer tout mon saoul.

Six Semaines Plus Tôt

Je ne sais pas comment je vais expliquer ma lèvre tuméfiée et mes bleus à ma tante. Je sais que c'est absurde de m'inquiéter pour ça alors que deux types viennent de me jeter à l'arrière de leur SUV noir. Je suis coincée entre eux sur la banquette, tandis qu'un troisième homme me dévisage, assis devant nous.

On dirait un mélange entre Andy Garcia et Robert De

Niro. Il porte un costume noir taillé sur-mesure, malgré le soleil brûlant de l'Arizona. Son petit doigt est orné d'une bague en or et diamant super tapageuse.

Il hausse un sourcil poivre et sel.

— Sloane McCormick ?

— Qui la demande ?

L'adrénaline et la peur me rendent insolente. Il esquisse un sourire, mais ses yeux restent impassibles. Froids.

— Je suis un associé de ton père.

Une pierre me tombe dans l'estomac.

— Vous n'êtes peut-être pas au courant, mais mon père n'est plus là. Il... il est mort il y a peu.

Je déglutis. Je ne l'ai pas vu depuis plus d'un an. Et je ne suis plus proche de lui depuis encore plus longtemps. J'ai déjà pleuré toutes les larmes de mon corps, mais dire ces mots à voix haute ravive ma douleur.

— C'est justement son décès qui m'amène.

L'homme claque des doigts, agite la main, et ses deux sbires me lâchent. Il se penche en avant, les coudes sur les genoux, les mains collées comme pour une prière.

— Ton père avait quelque chose qui m'appartient. Ma part, si tu préfères, et il l'a cachée pour la mettre à l'abri. Son compagnon de cellule a dit à l'un de mes hommes que tu savais où me trouver ça.

Je secoue la tête.

— Tous ses comptes ont été bloqués...

— Ce dont je te parle, ce n'est pas quelque chose dont le FBI a connaissance. Réfléchis bien, *bella mia*. Est-ce qu'il t'a envoyé des lettres, un message secret, peut-être, avec un nom d'endroit ? Un code ?

Une sensation glacée me parcourt l'échine. Mon père m'a effectivement envoyé des lettres. Des lettres que je n'ai jamais ouvertes. Des lettres que j'ai chiffonnées et jetées à la poubelle parce que je lui en voulais d'avoir foutu ma vie en l'air.

Je secoue de nouveau la tête, mais sans le regarder, cette fois.

— C'est dommage, dit l'homme en se collant au dossier de sa chaise, la tête penchée sur le côté. Tu es si jolie. Ce serait triste que tu disparaisses.

Il agite de nouveau le poignet, et un sac en tissu me couvre la tête.

La panique me court dans les veines, et je me mets à voir flou.

— Attendez ! Attendez ! m'écrié-je en me débattant. J'ai ses papiers. Je les ai trouvés dans son bureau. Et il reste des cartons dans un box.

On m'enlève le sac, et je reprends mon souffle comme si l'on venait de m'étrangler.

— Dites-moi ce que vous cherchez, et je le trouverai.

L'homme m'adresse un petit sourire, comme si j'avais réagi comme il l'espérait.

— Il y a six lingots d'or de la taille de ton iPhone et une petite peinture à l'huile qui représente des oiseaux. C'est un tableau rare de Camille Pissaro, réalisé au début de sa carrière. Tout ça vaut bien plus que ta vie, mais si tu ne les trouves pas, je n'hésiterai pas à me renseigner au marché noir. Je suis sûr que quelques acheteurs seraient prêts à payer cher pour un jouet comme toi.

Des lingots ? Un tableau ? Comme une chasse au trésor ? Mon cerveau tourne à plein régime et part dans tous les sens. Puis je m'arrête sur *Je suis sûr que quelques acheteurs seraient prêts à payer cher pour un jouet comme toi.*

— Tu as de la chance, ajoute-t-il. Je quitte justement le pays pour un voyage d'affaires inattendu. Je reviens dans quelques mois. Ça te laisse largement le temps de trouver ce que je cherche, non ? Et en mon absence, Tom et Vinny ici présents te tiendront à l'œil. Je ne voudrais pas que tu te mettes en tête de t'enfuir ou de prévenir les forces de l'ordre avant nos retrouvailles.

Sans un mot de plus, on me jette hors du SUV, et j'atterris à quatre pattes sur le bitume, qui m'écorche la peau. Je le sens à peine. Je suis engourdie. Tremblante.

— Au fait, *bella mia,* me lance-t-il par la portière ouverte. J'ai failli oublier : toutes mes condoléances pour le décès *prématuré* de ton père.

CHAPITRE TROIS

Le samedi matin, je suis seul au garage, parce que mon oncle Greg a décidé de prendre ses week-ends, désormais, et Winslow récupère après une soirée arrosée.

Il a dû vendre la Porsche volée, parce qu'il n'arrêtait pas de nous agiter de l'argent sous le nez, hier. Il a fait les courses pour la semaine et a même demandé à notre mère s'il y avait des factures à payer. Je l'ai entendu parler de faire la tournée des boîtes de nuit de Phoenix avec son ami Ben, hier soir, et ce matin, il est arrivé en titubant, puant l'alcool.

Cole n'est pas encore arrivé, sans doute trop occupé à se branler en regardant sa voisine par la fenêtre pour se retenir d'aller frapper à sa porte.

Par le Destin, moi aussi, je suis affecté par la pleine lune.

Je n'ai presque pas fermé l'œil à cause d'une certaine humaine qui m'a fait bander douloureusement toute la nuit.

Wilde et Austin sont adossés à une Buick, tout transpirants après leur footing du matin. Ce sont les mecs les plus motivés de la mini-meute que j'appelle mes amis : les alpha-brutis. Ils se lèvent tôt tous les matins pour aller courir, une habitude que nous a inculquée notre coach depuis que nous sommes au collège. Cela évite que nos hormones explosent de façon inappropriée, sexuellement ou autre. Et ça marche. Je ferais bien comme eux, mais mon travail au garage ne m'en laisse pas le temps. Comme convoquée par la lune elle-même, une dépanneuse arrive avec une Mercedes toute défoncée. Et qui se trouve sur le siège passager ?

Oh oh.

Mademoiselle l'humaine sans nom qui m'a obligé à me masturber toute la nuit en maudissant son beau visage.

— Dégagez, les mecs, grogné-je en direction de mes amis.

Évidemment, cela ne fait que les encourager à tourner la tête pour suivre mon regard.

— C'est la fameuse voleuse de voiture de Cave Hills ? me demande Wilde.

J'ai eu la bêtise de leur dire que j'étais attiré par une humaine quand Cole râlait au sujet de sa voisine.

— Je vous ai dit de *dégager.*

Deux longues jambes sexy émergent de la portière passager.

— Tout de suite, ou je vous tue, insisté-je.

Austin éclate de rire. C'est le plus facile à vivre d'entre nous. Et il a de quoi : il est délégué de classe, et il a toutes les filles à ses pieds.

— Demande-lui si elle a des copines, me dit-il.

Je lui grogne dessus, et il rit.

— C'est bon, on s'en va !

Ils ramassent leurs bouteilles d'eau avant de détaler.

Je prends un torchon propre et me dirige vers elle à grands pas tout en m'essuyant les mains.

— Où est-ce que je vous la laisse ? me demande le type de la dépanneuse.

Je sais à quoi elle joue. Elle nous apporte une Mercedes à l'état d'épave qui lui servira à obtenir des papiers pour le prochain véhicule qu'elle volera. Il lui suffira de choisir un modèle identique, et une fois que Winslow aura remplacé quelques pièces, *tadam*, elle pourra vendre le véhicule sans se faire repérer.

Je penche la tête sur le côté et croise le regard de Gambettes.

— Nulle part, réponds-je.

Elle s'arrête net.

— Winslow est au courant, me dit-elle en agitant la main. Il est là ?

Je m'approche d'elle.

— Non.

Ses yeux se promènent sur mes épaules et mon torse avant de revenir à mon visage.

— Eh bien, il va travailler dessus. Alors, où est-ce qu'*il* voudrait qu'on la mette ?

Je croise les bras et ne prête pas attention au conducteur de la dépanneuse, qui se racle la gorge avec impatience. Je jette un regard noir à Gambettes et me sers de ma technique d'alpha-bruti, qui consiste à attendre qu'elle cille avant de faire un geste du pouce.

— À l'arrière.

Mieux vaut ne pas laisser ces voitures de luxe à la vue de tout le monde. Surtout si ça devient une habitude.

Eh merde.

Dans quoi est donc allé se fourrer mon frère ? Ça pourrait tous nous faire couler.

Je reste immobile pendant que la dépanneuse traîne la voiture au fond du garage.

Je reste immobile quand Gambettes paye le type en liquide avec une liasse de billets qu'elle sort de sa poche arrière.

Et je reste immobile quand elle revient vers moi.

— Sloane, dit-elle.

Il me faut un moment à comprendre qu'elle est en train de répondre à la question que je lui ai posée des jours plus tôt.

Évidemment. Parce que maintenant, elle veut obtenir quelque chose.

Et comme la lune est pleine ce soir, elle risque de l'obtenir.

Je lui tends la main.

— Bo.

Sa poigne est ferme, et à l'instant où sa peau touche la mienne, je sens mon estomac remonter dans mon ventre. Comme quand un ascenseur s'arrête brusquement.

— Tu es tout seul ici, aujourd'hui ?

Mon membre se colle à ma braguette, même si je doute qu'elle ait une idée derrière la tête. Mais sa voix langoureuse et ses jambes interminables lui donnent l'avantage.

Foutue lune.

Je joue les mecs détendus.

— Mmm. Pourquoi ?

Elle jette un regard autour d'elle. Je sais qu'elle s'apprête à me demander de lui rendre un service, même si je me demande de quoi il s'agit. Quand elle me le dit, je suis surpris.

— Tu peux m'apprendre ?

— Pardon ?

— Les bases. Comment changer un moteur, ce genre de trucs.

Je renifle et fais un pas vers elle, envahissant son espace.

Je prends une mèche de ses cheveux cuivrés et la fais tourner entre mes doigts.

Je suis étonné qu'elle ne secoue pas immédiatement la tête pour se dégager, mais après tout, elle veut quelque chose.

— Je vois, Gambettes. Tu veux continuer ton business sans mon frère. Apprendre à tout faire toute seule.

En fait, ce n'est pas une mauvaise idée.

Cette fille pourrait foutre nos vies en l'air, mais en tant que petit frère, je ne suis pas en mesure de demander à mon frère d'arrêter ses activités. Et je ne suis pas assez mesquin pour le dénoncer aux anciens de la meute.

Elle frotte ses lèvres l'une contre l'autre. Elles sont pulpeuses et douces... bonnes à embrasser.

Mais je ne m'imagine pas les embrasser. Je m'imagine les dévorer. Les mordre, les sucer, les lécher jusqu'à ce qu'elle halète.

— Il n'y a pas de business, continue-t-elle de mentir.

Ah, elle veut la jouer comme ça ?

— Winslow t'a menacée si tu me mêlais à ça ?

Je suis sûr qu'il l'a fait. Mon frère a beau agir sans réfléchir la plupart du temps, notre mère l'a bien élevé, et il veut m'éviter les ennuis.

Sloane a besoin de l'un de nous d'eux.

Quelque chose de fugace apparaît dans ses yeux. De l'hésitation. Elle ne doit pas trop savoir comment me manipuler. Me dire la vérité pour établir un lien de confiance, ou continuer de mentir, même si personne n'est dupe ?

J'attends, car je suis curieux. Non, je suis carrément fasciné par cette fille. Je ne comprends rien à son numéro. C'est une énigme. Une fille superbe et friquée de Cave Hills qui vole des bagnoles et les revend à des gens qui ne se doutent de rien ? Elle est intelligente, et elle a de la ressource.

Mais elle semble également un peu désespérée.

Il ne s'agit pas seulement d'une petite fille riche qui s'amuse à piquer des voitures parce qu'elle s'ennuie.

Non, elle a besoin de le faire. Elle doit avoir des ennuis.

Mais lesquels ?

Elle choisit de se servir du ton de sa voix pour admettre son mensonge.

— Encore une fois, je ne vois pas du tout de quoi tu parles, dit-elle.

Elle me prend la main pour que j'arrête d'entortiller sa mèche autour de mon doigt, et mon estomac fait un nouveau bond.

Putain de pleine lune.

Les humains ne sont pas censés rendre les loups aussi fous de désir.

— Je te payerai, insiste-t-elle.

Je ne sais pas pourquoi, mais ça me fait bander. Sans doute sa voix rauque, comme s'il s'agissait d'une mondaine en train de payer le jardinier pour qu'il lui passe de la crème solaire dans le dos. Ou je ne sais quel autre cliché.

Incapable de retenir un sourire en coin, je lui demande :

— Ah ouais ? Combien ?

Je la regarde faire le calcul dans sa tête, et je m'attends à ce qu'elle me propose un salaire dérisoire.

— Cent dollars de l'heure.

Je ravale une exclamation surprise. Bon, c'est logique, après tout. Elle vient de recevoir l'argent de la Porsche. Elle réinvestit ses bénéfices.

— Si Winslow débarque, il te bottera le cul, l'avertis-je.

À présent, je vois l'ombre d'un sourire sur ses lèvres. Elle sait que je vais accepter.

— Je prends le risque.

Je hausse les épaules.

— Tu es bien courageuse, pour une si petite chose.

Elle éclate de rire.

— Il n'y a que toi pour me dire que je suis petite, Musclor.

Je lui souris. Elle lève les yeux vers moi. Nous partageons un instant de complicité... ce qui n'était pas du tout mon but. Cette fille est une calamité, mais elle m'attire comme un aimant.

— Je vais sans doute m'en prendre plein la tronche, fais-je remarquer.

Si mon frère me choppe, il me cassera la gueule.

— Suis-moi.

Je la mène à l'intérieur du garage pour aller chercher quelques outils. Je lui donne une clé à douille.

— C'est toi qui vas faire le boulot. Moi, je supervise.

Elle laisse échapper un souffle. Presque un petit rire.

— Je suis sûre que ça te plaira.

— De te dire quoi faire ? Carrément, réponds-je.

Nous nous rendons au fond du garage. Je n'arrive pas à soulever le capot de la Mercedes, car il est tout enfoncé, alors je me sers d'une pince de désincarcération pour le forcer. Qu'importe les dégâts, puisque notre but n'est pas de réparer cette épave.

— Bon, commençons par enlever le moteur, dis-je en lui faisant signe d'approcher. D'abord, il faut débrancher la batterie et faire une vidange.

Je la guide pas à pas, et pendant tout ce temps, son odeur m'emplit les narines, et je me souviens de ce que j'ai ressenti quand elle était à l'arrière de ma moto, les cuisses écartées derrière moi, les bras passés autour de ma taille.

Je me demande ce que ça me ferait, si elle écartait les jambes pour moi dans d'autres circonstances.

Mais je perçois l'odeur âcre de sa peur, alors je lui laisse un peu d'espace. Elle est nerveuse.

J'aime bien la faire stresser, et j'aime lui donner des ordres, mais il y a des limites. La pousser un peu dans ses retranchements, c'est une chose, mais la terrifier, c'en est une autre.

Elle ne sait pas ce qu'elle fait, et elle a du mal à dévisser certains des boulons des tuyaux. Je la regarde lutter avec l'un d'entre eux un moment, avant qu'elle se redresse et me jette un coup d'œil par-dessus son épaule.

— Tu me donnes un coup de main ?

Je souris et quitte le capot de la Mustang que je suis en train de retaper.

— Je me demandais quand tu finirais par m'appeler à l'aide.

Elle lâche un petit rire.

— Tu aurais pu proposer.

— Je voulais chronométrer le temps que tu passerais à t'entêter. Trois minutes et quarante-huit secondes. Ça t'arrive de déléguer ?

Je me rapproche pour étouffer dans l'œuf son faux air outré. Elle me tend la clé à douille, mais je ne la prends pas. Au lieu de ça, je pose ma paume sur sa main et me place derrière elle.

— Tu n'avais pas le bon angle, c'est tout.

Je l'emprisonne entre mes deux bras et l'oblige presque à se plier en deux sous le capot. J'ai très envie de frotter mon érection sur ses fesses en forme de cœur, mais je résiste. Si je commençais, m'arrêter serait trop difficile. En plus, ça serait une agression. Et vu l'approche de la pleine lune, le risque est plus grand.

Je ne dois pas franchir la ligne jaune.

Je guide sa main pour l'aider à dévisser le boulon. En réalité, ce n'était pas l'angle, le problème. Elle n'a pas assez de force, mais je voulais un prétexte pour passer les bras autour d'elle. Humer ses cheveux de près. La troubler et l'exciter un peu.

Et ça marche, car je détecte l'odeur entêtante de son désir.

Ça me fait tourner la tête.

D'un geste du poignet, je finis de desserrer le boulon, puis je fais un pas en arrière.

J'inspire l'air du garage et de l'automne, de la journée qui se réchauffe alors que la matinée s'écoule.

Je tente de reprendre mes esprits.

— Merci, dit-elle à voix basse sans se retourner.

Cette fichue princesse de Cave Hills, avec ses jolies fesses, semble s'être liguée avec la pleine lune pour me pousser à commettre une erreur colossale.

Sloane

Ma peau me picote de partout. Je sens toujours sa chaleur contre mon dos, même s'il s'est éloigné. Je ne sais pas quoi penser de ce mec. C'est un connard arrogant, sans aucun doute.

Mais il est super sexy.

La dernière fois que je l'ai vu, j'aurais pu jurer qu'il me détestait. Il était moqueur et méprisant. Et cette facette de lui est toujours présente aujourd'hui. Pourtant, il se rapproche de moi.

Il me touche les cheveux.

Se colle à moi pour desserrer un boulon, sa plaque militaire oscillant entre nos corps.

Cet abruti baraqué me met dans tous mes états.

Et je ne suis pas du genre à perdre la tête pour des garçons. En fait, quand j'ai emménagé à Cave Hills pour vivre avec ma tante et ma cousine, j'ai raconté à tout le monde que j'avais un petit ami sérieux dans le Michigan pour éviter d'attirer les convoitises. Et après l'arrivée des mafieux, il est devenu encore plus important pour moi d'éviter tout rapprochement. Ces cinglés seraient prêts à s'en prendre à n'importe qui.

Je n'ai pas de temps à consacrer aux mecs. Je vais être trop occupée à voler plusieurs voitures par mois pour apaiser ces monstres.

Et me rapprocher de quelqu'un transformerait cette personne en cible, comme je l'ai appris à mes dépens la semaine dernière, quand les sbires ont menacé de s'en prendre à ma cousine.

Je m'interromps pour m'éponger le front. Il commence à faire chaud. Le mois d'octobre dans l'Arizona est aussi chaud que le mois d'août dans le Michigan. Ou alors c'est la présence de Musclor qui m'enflamme.

— C'est plus dur que ce que tu pensais ? me demande-t-il.

Son ton n'est pas moqueur, alors je réponds avec sincérité.

— Ouais. Je ne sais pas si j'en serai capable toute seule. Pas si les boulons sont aussi serrés.

Il penche la tête sur le côté.

— Je suis sûr que tu pourrais payer un mec cent dollars de l'heure pour desserrer des boulons.

— Tu es candidat ?

— Non. Je ne veux pas être mêlé à tes embrouilles. C'est uniquement pour ça que je t'apprends à faire ça, Gambettes. Je veux que tu ailles mener ton business loin de ce garage.

Ça ne devrait pas me vexer. Moi aussi, c'est ce que je

veux. Pourtant, son rejet me fait mal.

J'ai toujours tout fait pour prouver que j'étais digne d'attention. Ma mère est morte en me mettant au monde, et même si mon père n'a jamais dit les choses comme ça, je sais qu'il me tenait pour responsable. Alors je faisais tout pour le rendre heureux. Pour ne pas le déranger. Pour qu'il se dise qu'elle n'était pas morte pour rien.

Mais ça n'a jamais fonctionné.

Et à présent, il est mort, lui aussi, et j'essaye de me faire toute petite chez ma tante. J'essaye de réparer les délits de mon père avec les miens.

Bo penche la tête sur le côté et me dévisage. J'ai la désagréable impression qu'il perçoit ma peine malgré mon expression impassible.

Évidemment, ça me met en colère. Je lance la clé à douille en l'air et la rattrape.

— Et si tu faisais un peu le malin en les desserrant tous, Musclor ?

S'il voulait que je demande de l'aide, il allait être servi.

Plus vite j'aurai fini, plus vite j'échapperai à sa curiosité. J'ai de gros doutes sur ma capacité à faire ça toute seule... je devrais sans doute jeter l'éponge tout de suite.

Avec un petit sourire en coin, il me prend la clé à douille des mains. Cinq secondes plus tard, tous les écrous sont dévissés, et il repose son outil. Puis il enlève les tuyaux et vidange le véhicule dans un seau qu'il place en dessous.

— Hé, princesse, va vider ça dans le tonneau à l'intérieur, dit-il en me fourrant le seau dans les mains.

J'essaye de ne rien montrer de mon dégoût face à ces fluides graisseux qui menacent de m'éclabousser.

Je suis peut-être une princesse, finalement.

Maladroitement, j'emporte le seau à l'intérieur.

Quand je reviens, la voiture est surélevée sur des

chandelles.

Ce qui n'a aucun sens.

Je ne l'ai pas entendu allumer le moteur. D'ailleurs, je sais que le véhicule ne fonctionne pas, sinon je n'aurais pas été obligée d'appeler une dépanneuse pour le traîner ici.

— Comment tu as fait pour mettre la voiture là ?

— Je l'ai poussée.

Eh ben ! Ça me fait de l'effet. Ce mec est peut-être toujours au lycée, mais c'est un vrai homme. Il doit faire un mètre quatre-vingt-cinq, il est super musclé, il connaît les voitures sur le bout des doigts, et apparemment, il est capable d'en pousser une à travers tout le garage sans se fatiguer.

Ses prouesses m'envoient un frisson primitif à travers tout le corps. Comme si la femme préhistorique qui sommeille en moi venait de réaliser que Bo était le choix idéal de compagnon. Non seulement il me donnerait de beaux bébés – non qu'une femme des cavernes s'inquiète de ce genre de choses –, mais il serait capable de chasser nos prédateurs à coups de gourdin pour s'assurer que nous survivions à l'hiver.

— Ça t'excite ? me demande-t-il.

Je lâche un petit rire dédaigneux, mais je le dévisage. Cette fois encore, j'ai cru ne rien laisser paraître.

Mais apparemment, ce n'est pas mon expression qui m'a trahie.

Bo a le regard rivé sur mes tétons, qui pointent à travers mon soutien-gorge de sport et mon tee-shirt.

Je croise les bras.

— C'est ça, dans tes rêves. Écoute, je crois que tu as raison. Je ne suis pas capable de faire tout ça. Et si je te payais pour l'heure écoulée, et puis je te laisse tranquille ?

Il s'approche de moi d'un pas bondissant. Il a une démarche si débonnaire. C'est étrange, de voir un mec aussi imposant se déplacer avec autant de souplesse et de grâce.

— D'accord.

Je pourrais presque croire qu'il est déçu.

— J'accepte ton argent. Comment tu comptes rentrer chez toi ?

J'avais vraiment prévu d'appeler un taxi. Juré.

Mais sans réfléchir, je penche la tête et dégaine mon charme.

— Ça te dit, un petit tour à Cave Hills ?

Il prend le billet de cent dollars que je lui tends, et j'ai le sentiment que pour lui, c'est une très grosse somme.

Pour moi aussi, mais ces derniers temps, j'ai affaire à de grosses rentrées et pertes d'argent. Je commence à avoir l'habitude de manipuler de telles sommes.

Je parle comme une vraie délinquante.

— À une condition, me dit-il.

Je m'attends à ce qu'il me demande un supplément, mais à ma grande surprise, il prend un ton sincère :

— Emmène ta prochaine voiture ailleurs, Gambettes. On n'a pas besoin de ce genre d'ennuis, ici. Mon frère joue les durs, mais il ne se rend pas compte des risques qu'il prend, et je pense que toi non plus. Alors après celle-ci, prends ta retraite. Ou trouve-toi un autre mécano. Mais ne reviens pas. D'accord ?

Il est tellement proche que j'ai du mal à respirer. Il n'est pas menaçant, mais je crois que je préfère sa colère à sa vulnérabilité. Je me sens à nouveau rejetée, ce qui est absurde.

— Un taxi me ferait perdre moins d'argent, je crois, dis-je.

Il penche la tête sur le côté.

— J'étais sûr que tu dirais ça. Allez, monte en selle, Gambettes.

J'ignore pourquoi, mais ce surnom débile qu'il me donne

commence à me plaire. Appeler une femme par une partie de son corps est carrément dégradant. Mais chaque fois qu'il m'appelle comme ça, je fonds, comme si je me réjouissais qu'il m'ait attribué un petit nom.

C'est ridicule.

Je me réjouis aussi qu'il me ramène chez moi. Ce qui est encore plus ridicule. Être attirée par un mec qui me méprise est un problème. Une grosse erreur. Alors être tout excitée à l'idée de monter derrière lui est une très mauvaise idée, mais j'obéis. Je me mets en selle et mets son casque alors que je le regarde fermer le garage.

Je ne devrais pas me mettre dans tous mes états et me croire exceptionnelle simplement parce qu'il ferme temporairement le garage pendant ses heures d'ouverture afin de me reconduire, mais je ne peux pas m'en empêcher.

Je descends de la moto pour lui laisser la place de monter, puis je passe de nouveau la jambe par-dessus la selle pour m'asseoir derrière lui. Il a le culot de me donner une tape sur la cuisse comme si j'étais son cheval, puis il démarre et sort du parking en trombe.

Je retiens mon souffle et m'accroche à lui, les nerfs à vif tant je suis tendue et enthousiaste à la fois.

Comme si cette virée à moto allait se conclure par autre chose qu'un simple retour chez ma tante.

Comme si cette virée avait une signification.

Comme si rencontrer Bo Fenton n'était pas la seule chose positive qui me soit arrivée depuis que mon père a été arrêté.

Bon sang, il faut que je me reprenne. J'ai besoin de gagner l'équivalent de six lingots d'or, sans quoi ma cousine et moi serons vendues à des malades qui nous tortureront sans doute pour le plaisir. Ce n'est pas le moment de craquer sur le connard arrogant qui me traite comme un chien, même si c'est un motard hors pair.

CHAPITRE QUATRE

TROIS SEMAINES PLUS TARD

Bo

Le jour où tout part en couille, on ne se réveille pas en se disant *aujourd'hui, ma vie va changer...*

Les pneus du shérif Gleason crissent sur le parking du lycée. Il sort et court vers notre coach, qui se trouve à l'autre bout du terrain.

— Fenton !

Quand il crie mon nom après l'entraînement, le coach injecte toute son autorité d'alpha dans son ton. Il se tient au bord du terrain avec le shérif, et j'ai un mauvais pressentiment.

J'enlève mon casque et me dirige vers eux à grands pas.

— Monte dans la voiture, m'ordonne le shérif.

— Pourquoi ?

Le coach se place à côté de moi et me pose une main sur la nuque, comme un avertissement.

— C'est Winslow, me dit-il.

— Merde.

Vous savez, quand on dit que le temps s'arrête, dans les

moments de crise ? Eh bien c'est tout le contraire. Le temps s'accélère. Ou alors, il disparaît. Je ne sais pas. Le monde semble tourbillonner autour de moi, mais je ne comprends rien.

Le shérif Gleason est là. Les doigts du coach me broient la nuque. Au lieu de me soutenir, il me pousse vers la banquette arrière d'une voiture de police. Je n'ai pas envie de monter. Je sais que Winslow a des ennuis, mais pourquoi m'embarque-t-on ? Je ne pose pas les milliers de questions qui me fusent dans la tête. Je monte dans le véhicule. Les portières claquent. Le shérif me conduit au poste, où m'attendent ma mère et mon oncle Greg avec des têtes d'enterrement.

— Qu'est-ce qu'il y a ? Qu'est-ce qui s'est passé ?

— Aujourd'hui, ton frère s'est fait prendre par la police humaine alors qu'il vendait une voiture volée, fiston. Il a résisté à l'arrestation.

— Et ils lui ont tiré dessus ! s'écrie ma mère, en larmes.

Je tourne les yeux vers le shérif pour avoir confirmation, et il hoche la tête.

— Ils ont cru qu'il sortait une arme. Ils lui ont tiré dessus, mais il s'est enfui. Donc il n'est sans doute pas trop amoché.

— Qu'est-ce qu'on en sait ? s'exclame ma mère. Et s'ils l'avaient touché à la tête ?

— Dans ce cas, on aurait retrouvé un corps, la raisonne le shérif Gleason.

Ce qu'il dit a beau être sensé, parler d'un *corps* devant ma mère est une grave erreur, car elle fond de nouveau en larmes.

Winslow est un métamorphe, comme tout le monde dans cette pièce, donc il est sans doute en bonne santé. Il a dû se transformer pour se débarrasser de la balle et guérir à vitesse grand V avant de courir se réfugier dans les montagnes. Ma mère le sait, mais après la mort de mon père, elle est toujours sous le choc, et ce genre d'événement la met dans tous ses états.

Je vais la rejoindre, et elle se lève pour se jeter dans mes bras.

Je la serre contre moi. Elle fait trente centimètres de moins que moi, et son travail ainsi que son chagrin après avoir perdu son compagnon l'ont amincie.

Je lui embrasse le sommet du crâne.

— Tout ira bien, maman. Winslow va bien.

Elle me repousse.

— Tu sais quelque chose ?

Elle a pris son ton féroce de maman louve, et je fais un pas en arrière.

Je n'ai pas envie de mentir.

Pas envie du tout.

Mais comme je l'ai déjà dit, je n'ai pas envie de balancer mon frère aux anciens de la meute, ce qui inclut ma mère, mon grand-oncle et le shérif.

Et l'alpha.

Je pousse presque un grognement quand ce dernier arrive à grands pas, les yeux plissés, son corps vieillissant irradiant d'autorité. Je ravale le frisson qui me parcourt le corps en sa présence.

— Alpha Green, bredouillé-je, les yeux baissés et la gorge exposée.

— Tout le monde dans mon bureau, nous ordonne le shérif Gleason.

Ma mère me jette un regard trahi alors que nous entrons dans la pièce, et j'ai le moral dans les chaussettes.

Le bureau du shérif semble trop petit pour nous tous. Surtout à cause de la place que prend la force de caractère de l'alpha. En plus, lui et le shérif sont des hommes imposants, et je suis moi-même presque adulte.

Quand il passe la main sur sa barbe grisonnante, mon oncle Greg a l'air vieux, tellement vieux.

Ma mère semble anéantie, et c'est ça qui me tue. Ça me donne envie de tout casser. Comme si ça pouvait m'aider.

Le silence tombe dans la pièce, et tout le monde dévisage l'alpha. Qui me dévisage à son tour.

Je déglutis.

— Que sais-tu de tout ça, Bo ?

Merde. Il a le don pour inspirer la peur. C'est une histoire de biologie primitive au sein d'une meute. Il me regarde, je tremble.

Je me prends pour un homme. Je terrifie les joueurs des autres équipes. Mais ici, je ne suis qu'un gamin. Je n'ai aucun pouvoir, et presque pas de volonté propre.

Je tente de coller au plus près à la vérité. Je secoue la tête d'un air désolé, et je réponds :

— Je n'ai rien à voir avec ça.

— Il y a intérêt, oui ! crache ma mère.

— Ça, c'est sûr, grogne mon oncle.

— Ce n'est pas la question que je t'ai posée, fiston, fait remarquer le shérif.

Satanés tremblements. Je suis incapable de les masquer. Tous les loups présents ici sentiront ma peur.

— J'avais des soupçons, dis-je.

Ce n'est pas un mensonge. Personne n'a jamais confirmé mes doutes. Je jette un regard à mon oncle et ajoute :

— La Porsche. Et la Mercedes.

— Ouais, dit mon oncle d'une voix sèche. C'est ce que je me disais.

— Est-ce qu'il vole ces voitures ? demande le shérif.

Je prends une inspiration et hausse les épaules.

— Je ne crois pas, marmonnai-je.

Couvrir mon frère, c'est mon mode opératoire depuis que

je suis môme. J'ignore pourquoi je suis aussi réticent à l'idée de dénoncer Sloane, cependant.

— Alors qui ? s'enquiert l'alpha Green.

C'est la partie difficile. La partie impossible. Ma volonté contre celle de l'alpha.

Je baisse les yeux et frotte le sol avec mes baskets montantes rouges.

— Je ne sais pas.

Je lève les yeux et affronte quatre regards dubitatifs. Ils doivent penser que le voleur est Ben Thomasson, le bon à rien qui traîne avec mon frère depuis toujours. Ou une collaboration avec un gang humain.

— *Raconte-nous tout ce que tu sais sur cette affaire, immédiatement.*

Green s'est servi de son autorité d'alpha. Son agressivité me transperce en pleine poitrine. Personne n'a bougé, mais j'ai l'impression d'avoir reçu un coup de poing dans le sternum, et je me colle au dossier de ma chaise. Ce n'est pas seulement l'alpha le responsable. Ce sont tous les hommes dans la pièce.

Seule ma mère semble m'accorder sa confiance.

Elle a toujours cru en moi. Toujours eu espoir en mes capacités à réussir dans la vie. C'est pour ça qu'elle veut que j'aille à la fac. Que je monte les échelons au sein de la meute.

Je m'éclaircis la gorge.

— Je ne sais rien du tout, Monsieur. Comme je vous l'ai dit, j'avais des soupçons, mais Winslow a tout fait pour me tenir à l'écart. Quand je lui en ai parlé, il m'a ordonné de me mêler de mes affaires.

L'alpha Green me jette un regard si perçant que je suis sans doute troué de part en part. Il sait que je lui cache des choses, et il est furieux.

— Bon, si tu entres en contact avec Winslow, transmets-lui mon message : il faut qu'il rentre avant le conseil, dans moins de vingt-quatre heures, ou il sera banni.

Ma mère ravale un sanglot.

Et il sera banni est sans doute ce que veut dire l'alpha. Je suis sûr que le conseil ordonnerait à mon frère de se rendre ou de s'exiler.

— Je lui dirai, Monsieur. Si j'ai de ses nouvelles.

L'alpha Green continue de me fusiller du regard.

— Bo, si j'apprends que tu avais un rôle dans cette affaire ou si tu t'en mêles maintenant, fiston...

— Non. Je ne suis pas mêlé à ça. Je le jure sur le destin, l'interromps-je.

Il lève le menton.

— File.

Je me lève. Personne d'autre ne bouge, alors je suis sans doute le seul à être congédié. Les adultes vont sans doute discuter après mon départ. Merde.

Je quitte le poste. Ma moto se trouve toujours au lycée, alors j'envoie un message à Wilde pour qu'il vienne me chercher. Les autres alpha-brutis et lui n'ont pas arrêté d'essayer de m'appeler pour découvrir ce qui se passe.

Alors que j'attends, mon cerveau se met à tourner à plein régime pour trouver quoi faire.

Et toutes mes pensées se concentrent sur Sloane. Cette garce de Cave Hills qui a tout gâché. Je vais aller la voir immédiatement, et je vais lui dire deux mots.

Un millier de mots.

Austin, Wilde et Slade se garent dans la Jeep de Wilde et me tirent dans le véhicule.

Cole n'est pas avec eux, sans doute parce qu'il ne pense qu'à Bailey en ce moment, surtout depuis la course de la meute quand mon frère et ses amis ont attaqué l'humaine.

Nous avons été obligés de les combattre *sous notre forme de loup.*

Ce qui signifie qu'elle sait ce que nous sommes.

Je me demande bien comment Cole va faire pour gérer l'alpha, mais jusqu'à présent, personne ne l'a dénoncé. Ni Winslow et ses potes – sans doute parce qu'ils étaient en tort –, ni mes amis et moi.

Nous sommes les meilleurs amis du monde depuis notre naissance. Ce sont mes frères, peut-être même plus que Winslow. En fait, nous avons souvent dû affronter Winslow et ses potes, qui ne pensent qu'à foutre le bazar partout.

— Qu'est-ce qui s'est passé ? me demande immédiatement Wilde.

— Putain de Winslow. Il s'est fait tirer dessus par les flics humains alors qu'il essayait de vendre une bagnole volée. Apparemment, ils ont cru qu'il sortait une arme.

Austin siffla.

— Il est où ?

— Aucune idée. Il s'est enfui. On pense qu'il est en bonne santé. S'il avait reçu une balle dans la tête, les flics l'auraient trouvé.

À moins d'être en argent, les balles ne peuvent pas grand-chose contre les loups. Sauf si elles nous explosent le crâne. Là, même un métamorphe ne s'en remet pas.

Je réalise que Wilde me conduit chez moi.

— Attends. Ramène-moi au lycée. Il faut que j'aille chercher mon sac à dos et ma moto.

— T'es sûr ? Je peux venir te chercher demain matin.

— Non. J'ai besoin de la moto maintenant. J'ai un truc à faire. Et je ne serai peut-être pas en cours demain, mais couvrez-moi et dites au coach que je serai là pour le match, s'il me laisse jouer.

J'ai mis au point un plan bancal pour arranger cette histoire. Et ça implique de me mêler des affaires de Sloane à tel point qu'elle regrettera d'avoir un jour mis les pieds à Wolf Ridge.

— Il te laissera jouer, me promet Wilde.

Cela constituerait pourtant une violation du règlement du district. Il faut assister au cours du jour pour avoir le droit de participer à une compétition sportive.

Wilde pénètre sur le parking du lycée et se gare à côté de ma moto.

— Merci, lancé-je en sortant.

— Tu comptes traquer cette fille ? me demande Wilde.

Les vrais amis savent ce que l'on va faire avant même qu'on le fasse.

— Ouais.

— Fais-lui payer ! me crie Austin avec un sourire en coin.

— Oh, ça, je ne vais pas me gêner.

J'arrive, Gambettes.

Et tu vas le regretter.

Sloane

Je remporte la première place à la compétition de cross de Cave Hills, et je continue de trottiner un moment pour me refroidir avant d'aller encourager mes coéquipières. L'heure du dîner est passée, et mon ventre commence à gargouiller alors que le coucher de soleil baigne les rochers dentelés de Wolf Ridge Point d'une lueur rose et violette.

C'est le moment de la journée que je préfère, dans l'Arizona. Voir les montagnes s'embraser est impressionnant.

Mais ce sentiment de paix est factice. J'ai toujours l'impression de vivre un moment volé. De ne pas mériter de savourer un coucher de soleil, les montagnes ou n'importe quel aspect de ma vie ici.

La compétition finit par se terminer, et nous nous dirigeons vers les vestiaires d'un pas traînant. J'aperçois une silhouette imposante appuyée au bâtiment, mais cela ne m'inquiète pas. Ce n'est pas l'un des sbires envoyés pour me mettre la pression. Eux, je les reverrai sûrement dans quelques jours. Non, on dirait un joueur de football.

Ce n'est qu'en m'approchant que je réalise de quel joueur de football il s'agit vraiment. Il n'est pas de mon lycée.

C'est Bo. Et il marche vers moi d'un air énervé.

Je tourne pour le mener à l'écart. La dernière chose que je veux, c'est qu'il révèle quelque chose devant mes coéquipières.

Il me rejoint à grands pas et se plante *juste devant* moi. Dans ma bulle. Son torse musclé entre presque en collision avec le mien avant qu'il s'arrête.

— *Qu'est-ce qui s'est passé ?*

Sa voix est grave et agressive. C'est une accusation. Un frisson me parcourt.

— Je ne sais pas. À toi de me le dire.

Je le dévisage. Ses épaules sont crispées, ses mâchoires serrées.

— Les flics ont tiré sur mon frère, voilà ce qui s'est passé. Pendant qu'il essayait de vendre la voiture. Tu n'étais pas là, j'imagine ?

Mon corps se glace.

— Est-ce qu'il... est-ce qu'il va bien ? Il a survécu ?

Bo hausse les épaules.

— Il a disparu. Il s'est enfui. Tu n'as pas eu de ses nouvelles ?

Je secoue la tête.

— Pourquoi j'en aurais eu ?

— Vous êtes associés, non ? Tu as volé la bagnole... et il fournit la carte grise ?

Au point où on en est, c'est stupide de refuser de confirmer ce qu'il sait pertinemment, mais je garde une expression impassible.

Il pousse un juron et détourne les yeux, les poings serrés. Je fais un pas en arrière. Je ne pense pas qu'il soit dangereux, mais il est balèze, et sa colère le rend intimidant.

Quand ses yeux se tournent à nouveau vers moi, ils paraissent plus argentés que bleus. Sans doute un jeu de lumière.

— Je vais te coller aux basques, Gambettes. Où que tu ailles, je serai là. Jusqu'à ce que Winslow revienne. Compris. ?

J'agite les mains en l'air.

— Je ne cache pas ton frère, Bo. Il ne viendra pas me voir. Je n'ai pas d'argent. C'est lui qui était censé m'en rapporter. Maintenant, on est tous les deux dans la merde.

Le regard de Bo se fait scrutateur.

— Pourquoi tu es dans la merde, Gambettes ? demande-t-il d'une voix basse et menaçante.

Un frisson me monte dans la nuque. L'espace d'un instant, j'ai envie de tout lui raconter. De me livrer à un autre être humain, histoire de ne plus vivre ça toute seule.

Mais seule, je dois le rester, pour ne pas l'entraîner dans ma chute.

Il me prend par le bras, pour m'encourager plus que pour me menacer. Je hausse les épaules d'un air désinvolte.

— Pas de voiture. Pas d'argent, dis-je.

Je tourne les talons pour partir avant qu'il me tire les vers du nez, mais il me retient par le bras et me tire vers lui pour que j'affronte son regard, et je heurte son torse solide. La plaque militaire qu'il porte autour du cou produit un bruit métallique sous l'impact. Il passe son autre bras autour de mon dos pour m'éviter de perdre l'équilibre, et durant une seconde, nous restons hébétés, les yeux dans les yeux. Les siens prennent de nouveau une lueur argentée. Ils sont beaux. C'est vraiment un spécimen de virilité spectaculaire.

Samantha et Teri, mes amies de l'équipe, choisissent ce moment compromettant pour s'approcher.

— Tu ne m'avais pas dit que Tyler te rendait visite, s'exclame Samantha, ravie.

Je recule plus brusquement que prévu, car Bo me lâche au même moment. Je perds de nouveau l'équilibre. Il réagit à la vitesse de l'éclair et me rattrape par le coude.

— Ah, euh... bafouillé-je.

— C'est Tyler ? demande Teri d'un ton enchanté en tendant la main à Bo.

Mes deux coéquipières le reluquent, ce que je peux comprendre, mais elles n'ont rien compris à la situation.

— Enchantée de rencontrer le petit ami à distance ! s'exclame Teri. On a beaucoup entendu parler de toi. Tu as fait le déplacement pour l'emmener au bal de promo ?

D'habitude, les mensonges me viennent naturellement, mais là, je ne sais pas comment réagir. Je rougis à l'idée qu'elles prennent Bo pour le mec que je me suis inventé pour me simplifier la vie au lycée.

Je m'attends à ce qu'il nie tout en bloc, mais avant que je réalise ce qui est en train de se passer, Bo m'enlace et me serre contre son corps musclé. Son geste est agressif. Comme s'il était énervé. Que j'aie un petit ami ?

— Bien sûr que je suis venu pour le bal, me ronronne-t-il à l'oreille d'un ton moqueur qui me fait rougir de plus belle. Je ne raterais ça pour rien au monde.

— Oh, c'est trop mignon, dit Teri en le regardant d'un air appréciateur. Vous serez adorables, ensemble.

Samantha me jette un regard.

— C'était une visite surprise ? Sloane, je croyais que tu nous avais dit qu'il ne pouvait pas venir.

Bo me caresse la hanche et frotte le nez à mon cou.

— Oui. Je voulais lui faire la surprise. Et je suis impatient de l'emmener au bal.

Ses lèvres m'effleurent l'oreille.

Je le déteste. J'avais eu ma chance de dire que ce n'était pas Tyler, mais je l'avais ratée. J'étais sans doute trop distraite par ses bras musclés autour de moi. Ou par son odeur propre et masculine. Ou par l'idée qu'il puisse être mon petit ami imaginaire.

Mais à présent, je suis foutue.

Parce que ses mains parcourent mon corps, et qu'il fait exprès de me tourmenter. Chacun de ses mots a quelque chose de moqueur. Comme si l'idée qu'il soit mon mec était si absurde et ridicule qu'il voulait faire durer ce moment le plus longtemps possible.

Jusqu'à une conclusion cruelle.

Ou jusqu'à ce qu'il me repousse.

Ou jusqu'à ce qu'il me mette dans tous mes états avant de s'amuser de l'emprise qu'il a sur moi.

Parce que cette emprise a l'effet d'une drogue dure sur mon corps. Ses mains laissent des traînées brûlantes sur ma peau. Mon sexe se contracte. Je lui donne un coup de coude dans les côtes pour me libérer, mais il me chatouille comme si c'était un petit jeu entre nous.

— Arrête, dis-je en me tortillant, énervée qu'il me fasse sourire malgré moi.

Les chatouilles devraient être illégales.

— Enchanté de vous avoir rencontrées, dit Bo en me

prenant fermement par la main pour me traîner vers le parking.

Je m'arrête net et tente de me dégager.

— Mes affaires sont à l'intérieur.

— Ah, d'accord.

Il me libère, mais croise les bras sur son torse large.

— Je t'attends.

— Non, vraiment, insisté-je avec un faux sourire. Rentre. Mon vélo est ici, et il faut que je rentre avec.

— Très bien, répond-il d'une voix dubitative. On se voit chez toi, alors.

Il agite les sourcils. C'est super sexy, même si ça me donne envie de lui donner un coup de poing.

Mon sourire se crispe encore plus.

— Salut, alors.

Il lève les doigts et me fait coucou comme une petite fille.

— Bye-bye, mon lapin en sucre.

Je lève les yeux au ciel alors que je tourne les talons.

— Il fait ça pour rire, dis-je à mes amies. Il ne m'appelle pas vraiment comme ça.

Il ne m'appelle rien du tout. Sauf si on compte *Gambettes* et *princesses,* mais ce ne sont pas des petits surnoms affectueux, plutôt des railleries.

Mon lapin en sucre.

Quel connard. J'avais vraiment envie de lui en coller une.

Bo

J'ignore qui est ce satané Tyler, mais l'alpha en moi a

envie de le déchiqueter. Après lui avoir montré à quel point je lui suis supérieur.

Comme si les humains pouvaient rivaliser avec nous au niveau sportif. Il faudrait que nous rivalisions au jeu de la séduction, alors. Le besoin de prouver que ce Tyler est moins bien que moi m'envahit alors que je rejoins ma Triumph à grands pas et que je l'enfourche.

Saleté de petit ami humain.

Je parie qu'il embrasse mal.

Je suis sûr qu'il ne la fait même pas jouir. Je ne sais plus quelles sont les statistiques, mais il n'est pas facile de mener une humaine à l'orgasme pendant les rapports. Je ne sais plus où j'ai entendu ça, peut-être de la bouche du coach. Il devait nous conseiller de nous atteler à la résolution de ce problème. De nous assurer que notre partenaire jouisse autant que nous.

Je démarre le moteur et me dirige vers la maison de Sloane, avec un arrêt au fast food pour engloutir trois hamburgers et deux portions de frites. Quand j'arrive devant chez elle, je me gare un peu à l'écart dans sa rue et reviens en marchant, tout en veillant à rester dans l'ombre. La nuit est tombée, et la pleine lune de la semaine dernière décroît. Au moins, je ne suis plus affecté par cette phase lunaire, ce qui me désavantagerait face à l'humaine.

Je suis seulement là pour lui faire payer ce qui est arrivé à Winslow. C'est elle qui aurait dû se faire chopper. C'est Sloane, la voleuse. C'est elle qui a mis ce trafic débile en place. Si elle n'avait jamais montré sa belle gueule à Wolf Ridge, j'aurais toujours un grand frère pour être l'homme de la maison. Pour prendre soin de notre mère et faire tourner le garage de notre grand-oncle.

Désormais, c'est moi qui vais devoir porter tout ça.

Le rêve de ma mère, qui m'imaginait obtenir une bourse pour la face et quitter la ville, est mort aujourd'hui.

À cause de Sloane.

J'envoie un message à ma mère.

Je passe la nuit chez Austin. On a un gros devoir à rendre et il faut qu'on travaille tard.

Ça ne va pas lui plaire, vu le chagrin que doit lui causer la situation avec Winslow, mais Austin est le garçon sage du groupe. Son père est médecin et fait partie des anciens de la meute. Ma mère ne se fera pas de souci si elle me croit avec lui.

J'envoie aussi un message à Austin pour qu'il me couvre si besoin.

Parfois, je me dis que si ma vie est cent fois meilleure que celle de mon frère, c'est en grande partie grâce à mes amis. J'ai eu de la chance. Austin et Wilde viennent tous les deux de familles estimées. Cole aussi, avant que sa mère parte avec notre prof de maths et que son père se mette à boire. Slade et moi nous sommes retrouvés dans ce groupe d'enfants chéris, ce qui veut dire que nous prenons les bonnes décisions : nous protégeons les femmes et nous aidons les louveteaux. Nous avons beau nous comporter comme des cons, parfois, au fond, nous sommes des gars bien.

Mais Winslow et sa bande de potes ? Ils cherchent toujours les ennuis. C'est d'eux que nous devons protéger les femmes. C'est eux qui conduisent en état d'ébriété ou qui mettaient des humaines enceintes alors qu'ils étaient toujours au lycée.

Mon frère n'a pas eu de bonnes influences. En plus, il était plus âgé que moi quand notre père est mort. Ça l'a poussé à se rebeller à l'adolescence. Je ne sais pas comment il va faire pour se sortir du merdier dans lequel il s'est fourré, cette fois, mais je me sens obligé de l'aider. Même s'il ne m'a rien demandé.

Je fais le tour de la demeure, et j'observe.

L'odeur de Sloane est particulièrement fraîche près du garage. Les lumières sont allumées dans les chambres de l'étage. L'une d'entre elles se trouve juste au-dessus du toit du porche, ce qui la rend facilement accessible pour quelqu'un qui n'a pas peur d'escalader un peu.

Comme moi.

Je ne suis pas un grand grimpeur, mais tout ce qui est physique est un jeu d'enfant. Je suis un métamorphe et un athlète en pleine forme. Je bondis et m'accroche au toit du porche avant de passer une jambe, puis l'autre par-dessus. Mon plus gros problème, c'est de ne pas faire de bruit alors que je me dirige vers la fenêtre sur la pointe des pieds. À ma droite, j'arrive à voir à travers les rideaux d'une autre fenêtre, qui n'est pas accessible depuis le toit.

Une petite silhouette est assise sur le lit. Une fille entre l'enfance et l'adolescence. Pas Sloane.

Sa petite sœur, peut-être ?

Je m'approche lentement de l'autre fenêtre et jette un coup d'œil à travers la vitre.

Bingo.

Sloane se déplace dans la chambre, et... bon sang. J'en ai le souffle coupé. Elle est en train de se déshabiller.

Si j'étais un salaud, je resterais regarder le spectacle. Je suis sûr qu'elle a des seins magnifiques, sous son soutien-gorge de sport. Mais elle est sur le point d'enlever son short, et je ne veux pas jouer les pervers.

Je tapote la vitre.

Un chien se met à aboyer dans l'autre chambre, de toutes ses forces. L'animal fonce dans la pièce depuis ce qui semble être une salle de bains – qui doit être connectée aux deux chambres – et se précipite à la fenêtre.

Malin, ce chien.

Et très beau. Un Golden Retriever.

Je laisse le loup en moi remonter à la surface et j'envoie une bouffée de domination à travers la fenêtre. Ce n'est pas quelque chose qui s'apprend. Soit on l'a, soit on ne l'a pas. C'est ce qui fait la différence entre les alphas et les autres. C'est une énergie qui se manifeste quand on a besoin d'asseoir sa domination sur quelqu'un d'autre.

Le chien arrête immédiatement d'aboyer et se met à gémir.

Sloane tire le rideau, les yeux écarquillés. Au moins, elle ne crie pas.

Je pose un doigt sur mes lèvres et montre la fenêtre.

— Ouvre-moi, articulé-je sans un bruit.

Elle secoue la tête.

Je fronce les sourcils et prends un air désapprobateur.

— Tout de suite, Gambettes.

Le chien gémit à nouveau. J'ai dû envoyer une nouvelle vague de domination.

Ça doit marcher sur les humains aussi, car Sloane défait le loquet de la fenêtre et la fait coulisser sur le côté.

— Qu'est-ce que tu fabriques ici ? chuchote-t-elle avec colère.

Je grimpe par la fenêtre, tête baissée pour ne pas me cogner.

— Je t'avais dit que je collerais au train, princesse.

— Tu m'as dit que tu me collerais aux basques, mais peu importe. Tu ne peux pas venir ici. Et qu'est-ce que tu as fait à Sophie ?

La chienne est complètement soumise, queue rentrée, tête baissée, museau tourné vers le sol.

— C'est bien, Sophie, dis-je.

Elle se redresse et remue la queue. Je la récompense d'une caresse sur la tête et d'une petite tape sur le dos. Elle est adorable. Les loups possèdent rarement des chiens – ou des chats, d'ailleurs –, mais je commence à voir l'intérêt.

— Tu ne peux pas rester là, Bo. Ce n'est même pas chez moi. Tu n'es pas au courant ?

Je marque une pause pour l'observer. Elle ne porte qu'un soutien-gorge de sport et un short de course, et elle est sexy en diable. Son ventre nu est plat et orné d'un grain de beauté assorti à celui de son visage.

Mais je réalise qu'elle est trop maigre. Ou alors, c'est l'effet qu'a le stress sur son corps. Un stress que je n'avais encore jamais remarqué, mais qui devait être bien présent, même si elle me le cachait.

— On est chez qui, alors ?

Depuis mon arrivée, je parle à voix basse.

— Chez ma tante. Et je ne te laisserai pas tout foutre en l'air.

Je m'assois au bord de son bureau, une cheville négligemment croisée sur l'autre.

— Alors qu'est-ce que tu comptes faire ? demandé-je d'un air de défi.

J'adore le rougissement qui lui monte dans le cou et sur les joues alors qu'elle réalise qu'elle ne peut pas me faire sortir de force.

— Je crierai.

Je secoue la tête.

— Déjà, on sait tous les deux ce qui va se passer, Gambettes. Tu vas la boucler et tolérer ma présence dans ta vie jusqu'à ce que je décide que tu ne vaux plus la peine que je te suive partout. Tu sais pourquoi ?

Elle pince les lèvres.

— Réponds-moi, Gambettes.

Ses narines se dilatent.

— Pourquoi ? demande-t-elle les dents serrées.

— Parce que je peux te faire couler. Si tu avertis qui que ce soit, je révélerai tout ce que je sais sur toi, princesse. Sur la Porsche. La Mercedes. Sur tes affaires avec mon frère. Je cracherai tout au premier flic venu. Et tu finiras en tôle, parce que c'est là qu'est ta place.

Elle a le culot de mettre une main sur la hanche et de rejeter ses cheveux en arrière.

— Je suis mineure, donc je n'irai pas en prison.

Mauvais argument, ma belle.

La vie de mon frère est détruite, et elle ose me balancer ça ?

Putain.

Je descends du bureau et m'avance vers elle.

Je crois qu'elle réalise immédiatement qu'elle a dépassé les bornes, mais c'est le moment que choisit une femme pour lancer :

— Sloane, Rikki ! Le dîner est prêt.

— J'arrive ! s'écrie immédiatement Sloane.

Elle ramasse son tee-shirt par terre et le passe par-dessus sa tête, sans jamais me quitter des yeux.

Je m'arrête, mais la tension emplit l'espace entre nous, et mon agressivité irradie vers elle, avant de m'être renvoyée avec violence.

Elle ne se laisse pas faire, je veux bien lui reconnaître ça.

Elle n'est pas du genre soumise, celle-là.

Non, elle est audacieuse et courageuse, avec un cœur de guerrière. Dommage que ce ne soit pas une louve. Dommage que nous soyons ennemis.

— Tu as intérêt à disparaître avant mon retour, me dit-elle, une main sur la poignée.

— Tu peux toujours rêver, Gambettes. Je ne bouge pas. Je t'attends.

J'agite les sourcils. Elle me fait un doigt d'honneur et germe la porte derrière elle.

Elle est jolie comme un cœur. Les gens beaux échappent souvent aux conséquences de leurs actions, contrairement aux personnes lambda. Ma mère me le disait souvent en guise d'avertissement. Tu obtiendras des passe-droits à cause de ton physique. N'en profite pas pour faire du mal aux gens. Ne fais pas de mal aux filles, Bo.

Entre elle et le coach, le respect des femmes m'a été inculqué dès le plus jeune âge. Mais apparemment, ça n'a pas suffi.

Parce que là, je n'ai aucun respect pour Sloane.

Dès qu'elle est partie, je me mets à fouiller sa chambre. Je veux découvrir ses secrets.

Parce que je sais que les chambres de filles renferment plus de secrets qu'un confessionnal. Et je veux tous les dénicher.

Elle vit chez sa tante.

Pourquoi ?

Elle a besoin d'argent. De beaucoup d'argent. Là aussi, pourquoi ?

Qui la met au pied du mur ? Pourquoi a-t-elle peur que je lui attire des ennuis ? On dirait qu'elle estime ne pas avoir sa place ici. S'est-elle enfuie de chez elle ? Était-elle déjà une fauteuse de trouble là où elle vivait avant ?

Mais pourquoi quitter son cher Tyler ?

Elle a dû se faire virer, plutôt.

Mais pourquoi un tel besoin d'argent ?

Peut-être que quelqu'un est malade. Mourant, même. Un parent qui n'est pas en état de s'occuper d'elle, et dont elle veut payer les soins. Des factures médicales mirobolantes.

Je ne sais pas. Ce ne sont que des hypothèses.

La chambre ne contient pas grand-chose, question secrets.

Rien n'est écrit sur son ardoise, à part le planning de la compétition de cross. Sur le bureau, il n'y a que du matériel scolaire : stylos, gommes, crayons gris, cahiers. Rien d'intéressant.

Je fouille dans son sac à dos et ouvre son portefeuille. Il lui reste toujours une liasse de billets. Je compte l'argent. Quatre cent cinquante dollars. Pas énorme, vu ce qu'elle a dû gagner avec la Porsche. Où a filé le reste ? Je regarde son permis de conduire. Il n'a pas été délivré dans l'Arizona, mais dans le Michigan. Ville de Grosse Pointe. Et son anniversaire a lieu ce samedi. Elle était mineure lors de ses deux précédents vols, mais le prochain l'exposerait à de la prison.

Et cette idée me met mal à l'aise.

Malgré tous les ennuis qu'elle me cause, malgré le fait qu'elle ait foutu en l'air la vie de mon frère, malgré le fait qu'à cause d'elle, ma mère risque de ne plus jamais revoir son fils aîné, je n'ai pas envie qu'elle finisse derrière les barreaux. Je ne veux pas qu'elle souffre d'autres conséquences que celles que je compte lui délivrer.

Et je veux qu'elle soit en sécurité.

Ce qui implique de découvrir pourquoi elle maquille des voitures.

Si elle vole, c'est pour une bonne raison, et je dois découvrir laquelle.

Je jette un œil dans ses tiroirs.

M'arrête.

Pas parce que je trouve un indice dedans, mais parce que j'ai une érection en l'imaginant en sous-vêtements. Et sans. Je passe en revue chaque tiroir jusqu'à tomber sur celui qui contient ses culottes. Certaines sont banales, toutes simples et en coton. Celles qu'elle doit mettre pour courir.

Mais ensuite, je tombe sur les plus jolies.

Pour *Tyler*.

Ce putain de Tyler, à qui j'ai envie de casser la gueule.

Ce faiblard d'humain.

Certaines sont en dentelle. D'autres en soie. Il y a même un string noir, qui ne fait qu'amplifier mon érection.

Puis je le trouve : son vibromasseur.

C'est fou, l'effet que ça me fait.

Un frisson d'excitation me parcourt le corps tout entier. Je suis dur comme du bois, à présent, et je semble incapable de me reprendre.

Le vibro n'a rien de particulier. C'est un phallus tout ce qu'il y a de plus banal avec un bout incurvé pour stimuler le point G.

Est-ce qu'elle l'a trouvé ? Est-ce qu'elle sait comment faire ? Ou est-ce qu'elle fait partie des filles qui ont du mal à jouir parce qu'elles n'ont pas trouvé leurs zones érogènes ?

Je les trouverai pour elle.

Je lui montrerai de quoi ce loup est capable pour lui donner du plaisir. J'ai gagné pas mal d'expérience l'année dernière, pendant les trois mois où je couchais avec une pom-pom girl de la fac du coin.

Je me laisse tomber sur son fauteuil et allume le vibromasseur, puis l'éteins, encore et encore. À chaque fois que je l'entends vibrer, mon sexe pousse contre mon jean.

Chaque fois que je l'éteins, je m'efforce de me calmer.

Je suis tenté de coller l'appareil à mes bourses pour voir ce que ça fait, mais je risquerais de m'éjaculer dessus.

La lune n'est même plus pleine, mais une seule caresse me sépare de l'orgasme. Voilà l'effet que cette humaine a sur moi.

Je ravale le grondement qui me monte dans la poitrine. J'essaye de ne pas penser à son petit ami.

Son putain de petit ami.

Comment est-ce possible ?

Ce connard de Grosse Pointe ne mérite certainement pas une file aussi belle. Je le sais. J'en suis sûr.

Les filles comme elle sont des perles rares. Il y en a une sur un million. Intelligente. Sportive. Sublime. Forte. Rusée. Quel genre de lycéenne monte un trafic de voitures volées toute seule ?

C'est dingue.

Je plonge de nouveau la main dans son sac à dos pour chercher son portable. Je me demande pourquoi je n'y ai pas pensé plus tôt.

Il n'est pas là. Est-ce qu'elle l'a sur elle ? Non, impossible. Elle ne portait qu'un short de sport. Le portable aurait dépassé de sa poche.

Alors où peut-il bien être ?

Je le repère, branché près de sa table de chevet, et je me jette dessus. Je passe son répertoire en revue, à la recherche de Tyler.

Je ne le trouve pas.

Quel surnom lui donne-t-elle ?

J'en profite pour télécharger une application de traçage sur son téléphone et m'envoyer une invitation. Elle pourrait s'en apercevoir et la désinstaller, mais qui ne tente rien n'a rien. Ce serait le moyen idéal pour la retrouver, si elle me file entre les doigts. Je passe ses contacts au peigne fin, mais je ne trouve aucun petit nom affectueux. Je tape 313 dans la barre de recherche, l'indicatif de Grosse Pointe. *Nada*.

D'ailleurs, elle a très peu de numéros dans son répertoire.

Ce qui me rend encore plus soupçonneux. Les a-t-elle effacés ? S'est-elle créé une fausse identité ? Elle n'est peut-être même pas originaire du Michigan. Elle ne s'appelle peut-être pas Sloane McCormick.

Bon sang, mais qui est cette fille ?

Sloane

J'engloutis mon dîner à toute vitesse, l'estomac noué. Je croise les doigts pour que mon invité-surprise ne fasse pas de bruit.

Si ma tante trouvait un garçon dans ma chambre, je ne saurais vraiment pas quoi lui dire.

Je sais, ça ne serait sans doute pas la fin du monde ; mais je suis incapable de gérer une chose pareille, là.

Le plus dur, ce sera d'éviter que ma cousine, particulièrement observatrice, le remarque. Heureusement qu'elle passe son temps à regarder des vidéos sur YouTube, un casque collé sur les oreilles. Sinon, elle aurait déjà entendu Bo.

Je mange la moitié de mes pâtes au fromage – c'est visiblement Rikki qui a choisi le repas – et je ramasse mon assiette.

— Je peux monter ça dans ma chambre ?

Je ne sais pas pourquoi j'ai envie de *nourrir* Bo.

Il a envahi mon espace de la pire des manières. Pourtant, je ne peux pas m'empêcher de me dire qu'un grand garçon comme lui doit avoir besoin de trois fois plus de nourriture que moi pour être rassasié. Il doit être affamé, s'il n'a pas dîné.

C'est bête, je sais.

Tante Jen réfléchit.

— Seulement si tu promets de la rapporter quand tu auras fini. Je ne veux pas qu'on laisse traîner de la vaisselle dans les chambres, ça attire les fourmis.

— Promis. Je veux juste retourner réviser. J'ai un gros contrôle.

Ce n'est pas tout à fait un mensonge.

— D'accord, ma grande. Tu peux y aller.

Ma tante est institutrice à l'école primaire et prend l'éducation très au sérieux. Elle a emménagé dans ce quartier de Cave Hills précisément pour que ma cousine puisse aller dans l'une des meilleures écoles de l'Arizona. Elle ne se rend pas compte qu'à son entrée au collège l'année prochaine, Rikki sera vue comme une pauvre. Sans les fringues de créateurs et des parents avec des voitures de luxe, elle sera mise à l'écart.

Moi, je m'en sors, parce que ma famille était riche, avant qu'on nous prenne tout. Et puis je suis très douée pour le bluff.

Je monte l'assiette et jette un regard par-dessus mon épaule avant d'ouvrir la porte de ma chambre.

Ce que je trouve me fait regretter de m'être inquiétée de l'appétit de l'abruti assis à mon bureau.

Il a mon vibromasseur dans la main !

— Regarde ce que j'ai trouvé, me dit-il avec un sourire en coin.

Il brandit l'appareil et l'agite dans tous les sens.

— Connard. Range-moi ça, ordonné-je les dents serrées en posant l'assiette de pâtes sur ma table de chevet.

Quel con. Quand va-t-il me lâcher ?

— Tyler est au courant ? me demande-t-il en continuant d'agiter le vibromasseur.

Je me précipite vers lui et tente de le lui arracher des mains, mais il est trop rapide et le met hors de portée.

— Est-ce qu'il s'en sert sur toi, Gambettes ?

Mon sexe se contracte, même si la colère m'enflamme le visage. Je plonge sur l'appareil, et tant pis si pour ça, je dois poser le genou sur la cuisse de Bo.

Ce pervers me passe un bras derrière les cuisses, me soulevant comme pour m'aider.

Malheureusement, cela a pour effet de m'exciter. Ou alors c'est voir mon vibro qui me fait de l'effet.

Mais je ne cède pas. S'il veut se coller à moi, grand bien lui fasse. Je plaque ma poitrine contre son visage et lui arrache l'appareil des doigts. Je suis sûr qu'il me laisse faire parce que je l'ai pris par surprise. À l'instant où j'ai le vibro en main, je l'abats sur la tête de Bo. Puis je descends de ses genoux.

Oups.

Je n'avais pas l'intention de le frapper aussi fort.

Ou de le frapper tout court, même.

Nous nous dévisageons d'un air choqué. Mon geste violent m'horrifie. C'est la première fois que je frappe quelqu'un.

Et il semble tout aussi surpris de découvrir que j'en suis capable. Soit ça, soit il a vraiment mal.

— Aïe, confirme-t-il.

— Désolée. Je n'aurais pas dû te frapper avec...

— Non, en effet.

D'un bond, il se lève et m'ôte le vibromasseur des mains, avant de me plaquer à mon lit.

— Tu vas avoir de gros ennuis, Gambettes.

Quelque part, ses mots sont plus excitants que menaçants.

Et mon corps y répond en m'envoyant une vague de plaisir. Mon sexe s'emplit de chaleur. Mes tétons durcissent.

Quelque part près de mon oreille, le vibromasseur s'allume.

— Euh...

Avant que je puisse assimiler ce qu'il fait, Bo le place entre mes jambes et le fait glisser d'avant en arrière.

— Non...

Je tends la main pour l'attraper, mais il lève le bras pour le mettre hors de portée. Bo me chevauche. Ses cuisses larges

comme des troncs prennent les miennes en étau, me maintenant en place. D'une main, il repousse mon buste lorsque je
cherche à me redresser, sans cesser de tenir le vibromasseur à
distance.

— Tu m'as montré ce que tu peux faire avec. Maintenant,
c'est mon tour.

— Oh non non non, dis-je.

Mon estomac se serre. Je dis non, mais je mouille ma
culotte, ravie à cette idée. Il écarte les narines, et ses yeux
reprennent leur drôle de lueur argentée. Son sourire est très
coquin, et ça le rend encore plus beau.

Ce mec est un dieu.

— Voilà ce qu'on va faire, commence-t-il.

Il soulève l'une de ses jambes, et je commence à me relever, mais il me prend par les hanches et me retourne sur le
ventre.

— Bo !

J'entends le vibromasseur tomber sur le lit, et il plaque
une main dans le bas de mon dos. Me donne une tape sur
chaque fesse.

Ça fait mal, et je me tortille pour tenter de lui échapper,
mais il n'a pas fini. Il ramasse le vibromasseur et le replace
entre mes jambes.

Oh la vache.

C'est. Trop. Bon.

Du genre assez bon pour me faire jouir sur-le-champ.

D'habitude, je mets une éternité à atteindre l'orgasme,
avec ce jouet. Trente minutes minimum. Mais là, ça ne fait
que trois secondes, et je suis prête à monter au septième
ciel.

Je suis sûr que ça n'a absolument rien à voir avec le mec
sexy qui le manipule.

Le son qui s'échappe de mes lèvres est honteux.

C'est un gémissement langoureux. La preuve que je suis prête à jouir.

Eh merde !

Je me frotte contre le lit.

— Il t'en faut plus ?

Il change d'angle et le fait descendre jusqu'à mon clitoris.

Je pousse un nouveau gémissement.

— *Putain.*

Sa voix semble essoufflée, et ça me rassure. Lui aussi est excité. Je ne suis pas la seule à perdre le contrôle, là.

Il me grimpe dessus et passe les mains sous mon ventre pour atteindre le vibromasseur, tout en frottant son érection à mes fesses.

— Comme ça ?

Son souffle est brûlant contre mon oreille, et il halète, comme si je lui avais mis un coup de poing dans le ventre.

— Oui, admets-je en me tortillant contre le plastique rigide pour y frotter mon clitoris à travers le tissu de mon short.

C'est tellement bon. Mes yeux se révulsent déjà. Des vagues de chaleur me traversent le corps.

— Tu te pénètres avec, ou tu l'utilises comme ça ?

— Comme ça réponds-je d'une voix rauque, aussi essouf-flée que lui. Oh la vache.

Et là, je jouis. Mes fesses se collent à lui sous la force de mon orgasme. Je me frotte au vibro et à mon lit, ainsi qu'à Bo. C'est gênant et très sexy à la fois.

Il halète dans mon cou en allant et venant contre mes fesses, m'écrasant contre l'appareil. Quand mon orgasme prend fin, il parvient à tordre sa main pour éteindre le vibro-masseur, mais au lieu de l'enlever, il le frotte doucement à moi, m'envoyant une onde de choc entre les jambes.

Il me mordille l'oreille.

— Maintenant, tu connais les conséquences, susurre-t-il. Tu veux me frapper avec autre chose ?

Une nouvelle onde de choc.

— Lâche-moi ! protesté-je.

Étonnamment, il obéit tout de suite. En fait, il descend même du lit et se colle au mur, les mains levées comme s'il était en état d'arrestation.

Son habituelle expression arrogante a disparu, remplacée par un air presque penaud.

— Désolé, dit-il. Non, pas désolé.

Il prend un sourire en coin et ajoute :

— C'était beaucoup trop sexy pour que je regrette quoi que ce soit.

Je ramasse le vibromasseur et le lui jette au visage. Il le rattrape sans peine et me regarde d'un air coquin.

— Ça veut dire que tu veux un deuxième round ?

CHAPITRE CINQ

Bo

Si Sloane estime que je l'ai forcée à faire quoi que ce soit, je m'en veux. Je savais qu'elle en avait envie. Je sentais son désir avant même de commencer.

Et c'est vraiment la chose la plus excitante que j'aie jamais vécue. J'ai failli jouir dans mon pantalon. Mais si elle ressent autre chose que de la satisfaction, alors je suis un con.

— C'est des pâtes au fromage ? demandé-je pour tenter de détendre l'atmosphère.

Elle me jette un regard noir.

— Oui. J'espère qu'elles ont refroidi.

— Oh, tu m'as apporté à manger, Gambettes ? C'est adorable.

Je traverse la chambre pour prendre l'assiette, et elle passe devant moi alors qu'elle se dirige vers la salle de bains.

— Hé, dis-je en l'attrapant par le coude.

Mon geste est doux. Je ne la serre pas, ne l'empêche pas de bouger. Elle s'arrête, et nos regards se croisent. Le sien est hésitant. Gêné. Je passe le pouce sur sa peau avec délicatesse.

— Ça va ?

Il faut que je sache si elle s'est sentie agressée.

Elle entrouvre les lèvres, mais pour une fois, aucune réplique n'en sort.

Elle doute toujours.

— Je t'ai forcée ? Je te jure que si tu t'étais débattue, je t'aurais lâchée.

— Ferme-la, Bo.

J'ai un sourire en coin. Elle va bien.

— Je veux bien te laisser l'utiliser sur moi, maintenant.

— Beurk.

Elle me repousse, mais elle rit.

— Dans tes rêves.

Je hoche la tête.

— Oui, ça serait vraiment un beau rêve, dis-je en posant les yeux sur mon érection toujours bien présente.

Elle suit mon regard, et cette fois, c'est elle qui a un sourire en coin.

— Bonne chance, tu devras te soulager tout seul.

Je lâche un petit rire alors qu'elle va dans la salle de bains et ferme la porte derrière elle. À présent, les pâtes au fromage m'appellent.

Quand Sloane revient une minute plus tard, je repose l'assiette vide. Ce n'est pas pour rien que les humains utilisent l'expression « avoir une faim de loup ». Oui, on a faim. Très faim.

— Tu comptes rester combien de temps ?

— Toute la nuit, princesse. Et demain, j'irai au lycée avec toi. Je suis sûr que tes profs ne verront pas d'inconvénient à ce que ton « petit ami à distance » assiste à leurs cours, je me trompe ?

Elle pose les mains sur les hanches.

— Si tu crois que tu vas dormir dans mon lit, tu te fous le doigt dans l'œil.

Je lui adresse un sourire narquois.

— Oh si, je dormirai dans ce lit. Si tu as peur de dormir à côté de ça, dis-je en montrant mon corps comme le ferait une reine de beauté, tu peux t'installer par terre, je t'en prie.

Je dis ça pour l'emmerder. Je dormirai par terre. Je ne sais pas pourquoi j'aime autant la pousser à bout. La façon qu'elle a de fanfaronner et de bluffer me plaît, j'imagine. Surtout quand ce caractère est enveloppé par un corps aussi sexy.

Elle décide de m'ignorer et va chercher un cahier dans son sac à dos, avant de se jeter sur son lit. Je sors moi aussi mes devoirs et m'installe à côté d'elle sur le lit.

Elle me jette un long regard éloquent.

En retour, je prends un air innocent.

Elle lève les yeux au ciel et se replonge dans son cahier.

Nous restons ainsi pendant plus d'une heure. Il faut croire que nous avons vraiment des devoirs à faire, tous les deux.

Non que j'aie l'intention d'aller au lycée demain. Mais je peux au moins faire en sorte de ne pas prendre de retard.

Au bout d'un moment, je sens son regard sur moi.

Avec un sourire en coin, je demande :

— Je peux t'aider ?

— Tu comptes sérieusement rester là toute la nuit ?

Je hoche la tête.

— Ouaip.

Elle souffle.

— Bo, *pourquoi* ? Tu ne crois quand même pas que Winslow pourrait se pointer ici en pleine nuit pour *me voir* ?

— Il pourrait t'envoyer un message. Te contacter pour que tu lui donnes sa part de l'argent.

— Je n'ai pas son argent. C'est lui qui vendait la voiture, tu te souviens ?

— Bon, ben pour te demander d'en voler une autre, alors. Je ne te lâche pas. Je vais te coller au train.

— Tu avais dit aux basques.

Je souris. J'adore l'emmerder. Et elle a du répondant. J'adore son côté alpha, et honnêtement, je pense que si elle ne voulait vraiment pas de moi ici, notre conversation serait radicalement différente. Elle trouverait le moyen de me chasser de chez elle. Ou au moins, elle serait plus énervée et tendue que ça.

Alors je reste. Et je vais me montrer le plus chiant possible, car Sloane mérite bien ça après ce qu'elle a fait à ma famille.

— Comme tu veux, dit-elle.

Elle se lève et file dans la salle de bains sans fermer la porte derrière elle. Je l'entends se brosser les dents.

Je vais la rejoindre.

— Je peux t'emprunter ta brosse à dents, Gambettes ? demandé-je à voix basse, car je sais que sa cousine se trouve dans la pièce voisine.

— Non ! réplique-t-elle dans un murmure.

Mais elle ouvre un tiroir et en sort une brosse à dents toujours emballée.

Je lui fais un clin d'œil en ouvrant le carton, avant de prendre le dentifrice.

— Merci.

Elle ne répond rien. Au lieu de ça, elle m'ignore, puis retourne dans sa chambre, où elle éteint la lumière et se glisse sous la couette.

Je le sais, car contrairement aux humains, les loups sont capables de voir dans le noir.

Je fais le tour de la chambre et m'allonge par terre dans le petit espace entre le mur et son lit.

Le loup en moi préférerait que je me mette au pied du lit,

d'où je pourrai parer à une attaque venue de la porte ou de la fenêtre, mais l'humain en moi sait qu'il vaut mieux que je dorme dans un recoin, au cas où sa tante ou sa cousine entreraient sans prévenir.

Pendant quelques minutes, le calme règne. La respiration saccadée de Sloane m'apprend qu'elle ne dort pas encore. On dirait qu'elle retient son souffle, avant de le relâcher.

Un oreiller me tombe dessus.

Avec un sourire, je le coince sous ma tête.

Elle laisse pendre sa couette sur le côté pour la partager avec moi.

Elle m'a déjà fourni un repas et un endroit où dormir.

Moi, je prends ça pour un accueil à bras ouverts. Je peux rester aussi longtemps que je veux. Faire semblant d'être son mec. Le vrai n'a qu'à aller se faire foutre. Une version bien meilleure de lui se trouve juste ici, dans l'Arizona.

Sloane

Mon corps est toujours sous l'effet de l'orgasme que m'a donné Bo.

C'est peut-être mon vibro qui m'a fait jouir, mais c'est Bo qui était derrière. Mon sex-toy ne m'avait encore jamais donné autant de plaisir.

Et la vérité, c'est que je ne veux pas que Bo sache qu'en plus de ne pas voir de vrai petit ami, je n'ai jamais couché avec un mec.

Jamais de pénétration, en tout cas. J'en ai laissé quelques-uns me lécher.

Pas jusqu'à l'orgasme, mais c'était agréable.

Mon expérience sexuelle aussi, c'est du bluff. À douze ans, je faisais déjà un mètre soixante-quinze, avec une poitrine assez développée. Deux choix s'offraient à moi : devenir l'une de ces filles qui se voûtent pour cacher leur corps de femme, ou assumer.

J'ai décidé d'assumer.

Je montrais mon corps. Sans vulgarité, mais je savais ce que je faisais. Mon père était un peu scandalisé, mais il ne disait rien, à l'exception de quelques commentaires sur le fait qu'il aurait aimé que ma mère soit là pour « m'épauler » pendant la puberté.

Je lui ai dit que je comprenais très bien ce qui m'arrivait et que je n'avais pas besoin d'aide.

Et c'était en grande partie la vérité.

À mon entrée au lycée, je suis devenue une superstar. Mon assurance attirait les mecs. Les filles voulaient être ma meilleure amie. Je faisais semblant d'avoir des tonnes d'expérience, et cela me permettait d'avoir le contrôle.

Si je disais *lèche-moi*, le mec se mettait à genoux.

Parfois, je lui rendais la pareille.

Mais je ne voulais pas de relation sérieuse, alors je n'ai jamais été au-delà de ces quelques expérimentations.

Allongée là, plongée dans le noir avec un demi-dieu baraqué dans ma chambre, je regrette de ne pas avoir déjà perdu ma virginité. Parce que je ne veux pas que Bo sache qu'il est mon premier.

Et je veux qu'il soit ma première fois. Il sait ce qu'il fait. Mon corps réagit face à lui.

Je réagis face à lui.

Si un mois plus tôt, on m'avait demandé quel était mon genre, je n'aurais jamais répondu que c'était les footballeurs-mécanos qui vivent dans le trou du cul du monde, mais bon...

J'ai de plus en plus de mal à résister à son charme.

Oui, du charme, il en a à revendre. Ce n'est pas un sportif bébête. Je ne sais pas comment il s'en sort en classe, mais il est intelligent. Il sait décrypter les gens et les situations. Et il a une arrogance qui le rend à la fois insupportable et séduisant.

— Sloane.

Sa voix sexy fend l'obscurité pour foncer droit vers mon clitoris, qui pulse depuis le coup du vibromasseur.

Je ne réponds pas. Hors de question que nous ayons une discussion à cœur ouvert sur l'oreiller. Ça me rendrait trop vulnérable. J'avais beau être tout habillée, tout à l'heure, j'ai partagé le moment le plus intime de toute ma vie.

— Je sais que tu es réveillée, Gambettes.

— J'essaye de dormir, Bo.

— C'est pour quoi faire, c'est argent ?

La pièce tangue, puis se met à tourner. Sa question me prend de court. J'aurais dû m'y préparer. C'est pour ça que je reste sur mes gardes, avec lui.

Pour ça, et aussi parce qu'il est terriblement beau, mais qu'il a l'air de me détester.

Même si on dirait que c'est en train de changer.

— Qu'est-ce que tu as fait de l'argent de la Porsche ? À part acheter l'épave de Mercedes et me payer cent dollars ?

— Ça ne te regarde pas.

Oui, je sais. Pas super, comme répartie. Et pas très mature.

Mais c'est la vérité. Je ne lui dois aucune explication. Je suis désolée que son frère se soit fait prendre, mais si Winslow m'avait laissé vendre la voiture, rien de tout ça ne serait arrivé.

Enfin, je serais peut-être en garde à vue en ce moment

même, et ma cousine innocente serait en chemin pour satisfaire les désirs tordus d'un pédophile.

— Je vais tout découvrir, Gambettes. Tous tes secrets. Tu ne peux rien me cacher.

— Tu ne trouveras rien.

J'ai beau vouloir tout lui dire, je ne peux pas. Même si nous étions les meilleurs amis du monde, je garderais ça pour moi. C'est trop dangereux.

— Si tu le dis, réplique-t-il.

Le silence retombe. Quand je commence à croire qu'il a baissé les bras, il ajoute :

— Est-ce que tu as des ennuis, Sloane ?

Je crois que c'est la première fois qu'il m'appelle par mon prénom. Je ne sais pas si ça me plaît ou non. En tout cas, ça crée une drôle de sensation dans ma poitrine. Quelque chose qui me transperce. Qui tente de m'ouvrir. Sa question est sincère, et le fait qu'il utilise mon prénom la rend plus personnelle. Presque compatissante.

Mais je ne suis pas assez bête pour tomber dans le piège.

Bo Fenton n'est pas mon ami.

Il n'est pas là pour porter mon fardeau. Ce n'est pas mon preux chevalier.

— Ça ne te regarde pas, Bo, répété-je d'une voix chantante et pleine de patience.

— Si tu continues comme ça, je vais finir par grimper dans ton lit pour te piquer tout le matelas et te forcer à dormir tout au bord, sans oreiller.

Cette image est si amusante, sa menace si inoffensive, que je lâche un petit rire.

Dans le noir, je ne vois rien, mais je l'imagine sourire. Pour un mec qui me déteste, il flirte beaucoup.

Et je ne peux pas dire que ça me dérange.

Que Dieu me vienne en aide.

Je ne peux pas tomber amoureuse de ce type. Surtout pas. Pas même pour de faux.

Il se fiche complètement de moi. Il est là pour me pourrir la vie. Et même s'il s'inquiétait sincèrement pour moi – et, j'insiste, ce n'est pas le cas –, je ne peux pas former la moindre relation qui risque d'être exploitée par la mafia.

Il faut que je trouve le moyen de me débarrasser de Bo, pour m'atteler à mes véritables problèmes.

Il faut que je vole une autre voiture et que je la vende avant lundi, ou je suis foutue.

CHAPITRE SIX

Bo

Je me réveille avant la princesse de Cave Hills, mais j'entends du bruit dans la maison. Sa tante a déjà pris sa douche et se déplace au rez-de-chaussée.

Aucun bruit dans la chambre de la cousine.

Je me lève et me rends dans la salle de bains sur la pointe des pieds pour uriner.

Cette nuit, je n'ai presque pas dormi, tellement j'avais envie d'elle.

J'ai été tenté une bonne vingtaine de fois de me lever pour aller me branler dans la salle de bains, mais j'ai serré les dents. J'aurais mieux fait d'évacuer une partie de mon désir.

Parce qu'à présent, imaginer Sloane avec moi sous la douche me donne une érection impressionnante.

Je tire la chasse d'eau, et je suis en train de me laver les mains quand la poignée de la porte qui mène à l'autre chambre tourne.

Merde ! La cousine !

Affolé, je saute dans la baignoire et me cache derrière le rideau de douche.

Une porte se ferme. Celle qui mène à la chambre de Sloane.

Merde.

J'entends la cousine se servir des toilettes. Puis elle glisse la main derrière le rideau pour allumer l'eau à fond.

Je ravale un cri de surprise en sentant l'eau froide m'arroser. J'ai dormi en jean et en tee-shirt, et à présent, je suis trempé. Bon sang !

Je retiens mon souffle alors que je tente de déterminer s'il vaut mieux que je me déshabille et que je me transforme en loup, pour que la petite trouve une bête sauvage au lieu d'un homme inconnu dans sa baignoire. C'est alors que j'entends des coups frappés contre la porte de Sloane.

— Rikki ?

La porte s'ouvre, et une Sloane paniquée jette un regard derrière le rideau depuis l'autre côté de la baignoire. Elle disparaît à nouveau.

— Hé, ça ne te dérange pas si je prends ma douche en premier, ce matin ? Je ferai vite, promis. Mais je me sens tellement sale que je ne peux pas tenir une minute de plus.

— Euh... si tu veux, répond sa cousine d'un ton dubitatif.

— Merci. Cinq minutes. Promis.

— D'accord.

J'entends la porte se fermer, et Sloane tire le rideau de douche.

Je lui souris. L'eau est chaude, à présent, alors c'est moins pénible, si j'oublie les vêtements mouillés qui me collent au corps.

Sloane m'empoigne par le tee-shirt.

— Sors de là, articule-t-elle sans un son en me tirant vers elle.

Je souris de plus belle et la laisse me traîner hors de la baignoire. J'adore sa brusquerie. C'est vraiment une femelle alpha. Une vraie louve.

Elle sort une serviette rose et douce d'un placard et me la lance, avant de me montrer sa chambre du doigt d'un air impatient.

Je ris en silence, avant de sortir à reculons au cas où elle déciderait de se déshabiller tout de suite. Je ne voudrais pas rater ça.

Mais elle n'est pas dupe. Elle tend la jambe et me pousse dehors avec son pied, avant de me claquer la porte au nez.

J'ôte mes vêtements dégoulinants et les laisse en tas sur le sol près de la salle de bains. Ils sécheront avec le vent quand je prendrai ma moto, mais mieux vaut que je les essore avant, sinon je resterai mouillé toute la journée.

Sloane ne plaisantait pas, quand elle a dit qu'elle prendrait sa douche à toute vitesse. Elle coupe déjà l'eau, et j'enroule la serviette rose autour de ma taille avant qu'elle sorte de la salle de bains. Malheureusement, elle n'est pas en serviette. Elle a remis ce qu'elle portait en entrant, mais ma semi-nudité la pousse à s'arrêter net.

— Oh ! Euh...

Elle jette un regard au tas de vêtements sur le sol, puis à moi. Ou à mon torse, plus précisément. Une minute... est-ce qu'elle est en train de reluquer mes abdos ?

— Tu aimes ce que tu vois, Gambettes ? susurré-je.

Ses joues, déjà roses après sa douche, s'empourprent de plus belle. Elle finit par se reprendre et rejette ses cheveux en arrière.

— Dans tes rêves, mon pote.

Je lui adresse mon sourire le plus coquin, mais quand mon membre tente de se mettre au garde-à-vous, j'ai la décence de me retourner pour me diriger vers son bureau, où j'ai mis mon téléphone à charger. Je garde le dos tourné pendant que j'envoie un message à ma mère pour la prévenir que je vais bien et que j'essaye toujours de contacter Winslow.

J'entends Sloane faire des gestes rapides derrière moi ; elle tente sans doute de s'habiller avant que je me retourne, alors j'attends que ses mouvements précipités s'arrêtent et que sa respiration ralentisse. Quand je regarde derrière moi, elle est en train de mettre de la musique sur son iPhone connecté à des enceintes. Sans doute pour couvrir les bruits que je fais.

— Je descends, dit-elle. Pars quand tu veux.

Je secoue la tête.

— Hors de question. Rapporte-moi à manger.

— Certainement pas.

Elle bouge exagérément les lèvres pour que je la comprenne sans qu'elle fasse le moindre bruit, et ça me donne envie de l'embrasser. Je réalise qu'elle n'a pas eu le temps de se maquiller ou de se coiffer, à part un coup de peigne dans ses cheveux mouillés, mais elle est toujours aussi belle.

Elle doit avoir de très bons gènes. Dommage qu'elle ne soit pas métamorphe.

Je traîne dans sa chambre jusqu'à ce que j'entende sa cousine descendre, puis je me rends dans la salle de bains pour essorer mes vêtements et les enfiler. Les jeans mouillés, il n'y a rien de pire.

Quand je regagne la chambre, Sloane est là avec un énorme bol de céréales et deux bananes.

— Elles partent dans quelques minutes, comme ça tu pourras passer tes vêtements au sèche-linge.

— Oh, comme c'est gentil de ta part, Gambettes.

— C'est seulement pour...

Elle s'interrompt et secoue la tête.

— En fait, je ne sais pas pourquoi je t'aide. Tu es super chiant, là.

Je hoche la tête.

— C'est mon but.

Elle me fait un doigt d'honneur de la main gauche tout en enfournant une cuillerée de céréales.

Adorable.

Carrément adorable.

Sloane

Bo m'attend sur le parking du lycée quand j'arrive à vélo. Il m'a proposé de me conduire en moto, mais je n'ai pas daigné répondre à sa proposition.

Mais faire comme s'il n'était pas là est vachement difficile.

Surtout maintenant qu'il est plus charmeur qu'en colère. Je ne sais pas à quoi il joue, mais j'ai du mal à l'ignorer.

Il me suit dans l'établissement, jusqu'à mon premier cours : espagnol. Techniquement, il aurait dû aller s'inscrire à l'accueil, mais je n'ai pas l'intention de lui tenir la main. Pour être honnête, j'espère qu'il se fera virer.

— Qui est-ce ? demande la Señorita Allen avec surprise.

J'ai comme l'impression qu'elle reluque les biceps de Bo. Mais après tout, c'est compréhensible, non ? C'est une œuvre d'art.

— Je suis Tyler, le petit ami de Sloane. Je lui rends visite depuis le Michigan.

Il lui tend la main et lui adresse un sourire renversant. Et la prof tombe dans le panneau. En fait, elle invite même mon voisin de table à s'installer au fond de la classe pour que « Tyler » puisse s'asseoir à côté de moi.

Quelle chanceuse je suis !

Bo se tient bien droit. Un coup il écoute le cours avec attention, un coup il me regarde d'un air faussement énamouré, comme s'il était fou de moi.

C'est super gênant, et quand la cloche sonne, je suis prête à lui donner un coup de poing.

— Ah, le voilà ! s'exclame Teri avec enthousiasme en nous repérant dans le couloir. C'est super que tu viennes au lycée, Tyler !

— C'est clair ! répond-il sur le même ton. Je ne voudrais pas passer une seule minute loin de ma chérie. Elle est tout pour moi.

Il se plaque même la main sur le cœur. Mon amie hésite un instant, comme si elle se demandait s'il se moquait d'elle ou s'il était sérieux.

Je lève les yeux au ciel et lui donne une tape sur le torse.

— Il plaisante. Ne fais pas attention à lui.

Elle éclate de rire.

— Trop drôle. On se voit au déjeuner !

— Je suis impatient ! lui lance Bo d'une voix de crécelle.

Je lui donne une autre tape.

Il m'attrape le poignet et me tire contre lui. Nous sommes en plein milieu du couloir, mais la foule de lycéens s'écarte sur notre passage. J'entends des gloussements et je sens les regards curieux qu'ils nous lancent.

— Attention, Gambettes. Tu te souviens de ta punition, la dernière fois que tu m'as frappé ?

Je tente de me dégager, mais il me tient fermement, et il porte mes doigts à ses lèvres pour embrasser mes jointures les unes après les autres.

J'essaye de ne pas y penser, vraiment, mais je ne peux pas m'empêcher de l'imaginer allongé sur moi. Cette fois, ce sont mes propres doigts qu'il presse sur mon clitoris, tout en me murmurant des mots cochons à l'oreille. Il me fait jouir encore et encore.

Ce qu'il a fait hier m'a énervée. C'était tout aussi humiliant qu'excitant. Mais il sait qu'il a franchi la ligne jaune, et il s'en est inquiété. Alors je lui pardonne. Et oui, j'ai des frissons à chaque fois que je nous imagine remettre ça.

Ma priorité a beau être de me débarrasser de ce type, j'ai effectivement envie de recommencer.

Alors je réponds :

— Je prends le risque, Musclor.

Il me mordille les doigts, puis me lâche avec un sourire. Nous reprenons notre cheminement le long du couloir, et je suis sûr qu'il est obligé de se remettre le paquet en place parce que je lui ai donné une érection.

Il faut être deux pour jouer à ce petit jeu.

Et quand je joue, c'est toujours dans le but de gagner.

Bo

Les cours de Cave Hills sont moins ennuyeux que ceux de Wolf Ridge. Ils sont plus difficiles, ça, c'est sûr. Je comprends que ce lycée soit aussi bien classé. Les professeurs sont cultivés et savent rendre leurs cours intéressants. Ils sont détendus avec leurs élèves, qui se comportent avec respect. Rien à voir avec mon école.

Ce matin, j'ai envoyé un e-mail au lycée de Wolf Ridge

depuis la messagerie de ma mère pour leur dire que je devais rester à la maison à cause d'une urgence familiale. Vu la taille réduite de notre communauté et la vitesse à laquelle circulent les ragots, la personne responsable de l'accueil comprendra tout de suite que ça a un rapport avec les problèmes de mon frère, et personne ne m'en tiendra rigueur.

Je sais que les autres alpha-brutis se moqueraient de mon admiration pour Cave Hills, et une part de moi a également envie de s'en moquer. Ces adolescents sont surprotégés, et ils ne se rendent pas compte de leur privilège. Il leur suffit de bien travailler à l'école, et tout leur réussira. Ils n'ont pas besoin d'avoir des petits boulots, ou de gérer des parents alcooliques ou violents.

Quoique, peut-être que si. Sloane doit avoir de sacrés problèmes, pour voler des voitures.

Pendant la pause du midi, elle me mène jusqu'à l'arrière du bâtiment pour déjeuner.

— On se cache ? demandé-je.

Elle me lance un regard meurtrier.

— Évidemment.

— Tu ne veux pas t'afficher avec ton copain canon ?

Je roule des mécaniques et bande les muscles.

Elle lève les yeux au ciel.

— Ah, vous voilà, tous les deux !

L'amie collante de Sloane, Teri, débarque avec Samantha. Quand elle s'aperçoit du manque d'enthousiasme de Gambettes, elle se plaque une main sur la bouche.

— Oh non, vous vouliez un peu d'intimité ? Désolée !

Je me rapproche de Sloane sur l'herbe et la soulève pour l'asseoir sur mes genoux.

— Ouais, on allait le faire juste là, sur la pelouse, me vanté-je.

— Tu vas me lâcher, oui !

Sloane descend de mes genoux et me chasse en agitant les mains, sous les rires de ses amis.

— C'est toi qui devrais te lâcher, rétorqué-je.

Elle me donne une gifle. J'attrape sa main et la porte à ma bouche, avant d'embrasser longuement chacun de ses doigts alors qu'elle tente de s'éloigner.

Ses amis doivent en conclure qu'elles ne sont pas de trop, car elles se laissent tomber dans l'herbe avec nous.

— Alors, tu dors chez Sloane ? Chez sa tante ? me demande Samantha.

— Oui, réponds-je du tac au tac.

— Non, répond Sloane en même temps.

Les deux lycéennes nous regardent tout à tour.

— Alors, c'est oui ou c'est non ?

Avec un sourire diabolique, je précise :

— Je dors là-bas, mais sa tante ne le sait pas. Je suis entré par la fenêtre hier soir.

J'agite les sourcils comme si nous étions de vrais cochons.

Sloane rougit.

— On ne répétera rien, dit Samantha.

Son ton suggère qu'elle en veut à Sloane. Elle est sans doute vexée de ne pas avoir été mise dans la confidence. Elles ne doivent pas être si proches que ça, sinon Gambettes leur aurait dit que je n'étais pas son véritable petit ami.

Pourquoi le leur a-t-elle caché ? Ça n'a aucun sens. Si elle ne veut pas de moi ici, pourquoi ne pas nier dès le début ?

À moins... qu'il n'y ait pas de Tyler.

Mais pourquoi se serait-elle inventé un petit ami imaginaire ?

Bon sang, cette fille est tellement louche que j'ai du mal à savoir où s'arrête la vérité et où commence le mensonge.

Mais j'ai du mal à rester fâché contre elle alors qu'elle

m'a préparé mon repas. Elle me tend deux sandwichs au beurre de cacahuètes et à la confiture bien emballés.

— J'espère que tu n'es pas allergique, me dit-elle.

— Tu devrais savoir ce genre de choses, non ? remarque Samantha.

Ces gamins de Cave Hills sont décidément très malins. Sloane mord dans son sandwich.

— Bien sûr. Je plaisantais, c'est tout. Je sais qu'il n'est pas allergique.

Elle me jette un regard, et je confirme ses dires en prenant une énorme bouchée de mon sandwich.

— Mmm, c'est délicieux. Tu es un ange.

Elle lève les yeux au ciel.

— Alors, parlez-moi un peu de la vie de Sloane à Cave Hills, m'enquiers-je. Elle est championne de cross, évidemment.

— Carrément. Elle est arrivée première de toutes les compétitions, jusqu'à présent. On a une chance de gagner les championnats régionaux, cette année, dit Samantha.

— Ouais, comme si Wolf Ridge allait renoncer à son titre, intervient Teri.

J'ouvre la bouche, sur le point de faire une remarque aimable, comme « on ne sait jamais », parce qu'il faut bien que nous fassions semblant de perdre, parfois, quand je me souviens que je ne suis pas censé être du coin.

— Et à part ça ? Vous êtes ses meilleures copines, toutes les deux ?

— Arrête de passer mes amies au grill ! Tu sais déjà tout ça.

J'adresse un sourire charmeur aux deux filles.

— J'ai envie de l'entendre de leur bouche.

Teri me répond :

— C'est super que tu sois là, parce qu'elle sera sans doute élue reine du bal, et elle ne comptait même pas y assister.

Ah oui, c'est vrai. Le bal de début d'année.

Et je suis son cavalier.

— Quand est-ce qu'il a lieu ?

Teri plisse les yeux.

— Ce soir.

Vu son expression, elle avait plutôt envie de répondre « c'est quoi ton problème ? ».

Ce soir. C'est vrai. Merde... j'ai un match.

Mais je lui fais un clin d'œil.

— Je sais bien. Ce que je voulais dire, c'est à quelle heure ?

— Dix-neuf heures, répondent-elles à l'unisson.

Dix-neuf heures. C'est faisable. Le match a lieu à seize heures. Si le coach me laisse jouer, je devrais avoir le temps de prendre une douche, de mettre une cravate et de revenir à Cave Hills. Je serai peut-être en retard, mais rien de trop grave.

— On n'est pas obligés d'y aller, tente Sloane.

— Bien sûr que si, *chouchou*.

Je tends la main pour essuyer le beurre de cacahuète qu'elle a au coin des lèvres. Ça m'amuse de jouer les petits amis attentionnés, parce que ça la rend furieuse.

— C'est pour ça que je suis là. Et en plus, tu pourrais devenir reine ! Moi qui te prenais pour une princesse.

Elle me donne un coup de coude dans les côtes.

Je l'enlace et l'assois sur mes genoux. C'est sa punition. Quand elle tente de se dégager, je la chatouille, avant d'écarter les genoux pour la piéger entre mes jambes. Comme ça, je peux la prendre en étau avec mes quatre membres.

Je suis beaucoup trop démonstratif, et je sais que ça la rend dingue.

Ça me plaît de la tourmenter.

Et ça me plaît aussi de la sentir dans mes bras. Son odeur me monte dans les narines, et je sens sa peau douce sous mes paumes.

D'habitude, les humaines ne me plaisent pas trop, mais je dois bien avouer que je suis tenté de faire une exception pour une fille comme elle.

Dommage que je ne lui fasse pas du tout confiance.

En plus, elle me déteste.

Et elle a détruit ma famille.

CHAPITRE SEPT

Sloane

J'ai dit à Bo que nous n'irions pas au bal.

Mais c'est sans doute peine perdue.

Quand ce mec a quelque chose en tête, il n'en démord pas. Il est parti après le déjeuner en me disant qu'il avait un match, mais qu'il reviendrait me chercher pour le bal.

Je lui ai dit de ne pas venir.

Il m'a dit d'être chic.

Alors je suis là, à me boucler les cheveux au fer, vêtue de ma robe de bal noire à bretelle de l'année dernière, sous les yeux de ma cousine.

— Alors, c'est *qui* ton cavalier ? me demande-t-elle pour la cinquième fois.

— Un garçon du lycée.

— Je sais, mais comment il s'appelle ?

Même cette question est compliquée. J'ai accumulé les mensonges. Je n'ai pas parlé de mon faux petit ami à ma tante et ma cousine, alors elles ne savent rien du prétendu Tyler.

Mais si je leur dis qu'il s'appelle Bo, et que Samantha et Teri entendent ça... pff.

Ça devient n'importe quoi.

Et ça me distrait complètement de ce qui devrait être mon unique préoccupation : la survie.

Mais l'enthousiasme de Rikki est contagieux. Et une petite part de moi a hâte de se rendre au bal avec ce cavalier renversant.

Au moins, il est parfait, comme faux petit ami. Grand. Musclé, et il fait bien semblant d'être attentionné. Je sais qu'il se moque de moi en faisant ça, mais je ne peux pas m'empêcher de me demander s'il serait vraiment aussi serviable, s'il était en couple avec moi.

J'en doute. Et je ne voudrais pas d'un mec aussi étouffant. Mais j'ai envie de découvrir quel serait son véritable caractère.

Bo le petit ami est-il le mec qui était dans ma chambre hier soir, celui qui m'a demandé si j'allais bien après avoir dépassé les bornes ?

Comment se comporterait-il avec une véritable petite amie ? Serait-il doux quand il lui prendrait sa virginité ?

Argh ! Pourquoi est-ce que je pense à ça ?

Même si je couche avec lui, je ne lui dirai pas que je suis vierge.

— Il s'appelle Bo, réponds-je.

Je choisis la vérité. Je m'en suis déjà beaucoup trop éloignée, et ça me joue des tours.

— Il te plaît ?

J'applique une deuxième couche de mascara.

— Euh... parfois. Pas trop. Si.

Elle me jette un regard curieux.

— Qu'est-ce que ça veut dire ?

Je ris.

— Il est canon, mais il en est conscient. Et il se comporte souvent comme un abruti.

— Mais c'est lui qui t'a invité au bal, ou c'est toi ?

— Euh... c'est lui, j'imagine.

Me forcer la main, ça compte comme une invitation ?

Sophie aboie, et Rikki se précipite vers la fenêtre de ma chambre.

— Oh, ouah. Il a une voiture chic ?

— Non.

Je déglutis, persuadée qu'il doit s'agir des mafieux. Puis je vois la voiture dont parle ma cousine. C'est une belle et vieille Mustang restaurée, décapotable et rouge vif.

— Euh, attends... oui, c'est sans doute lui.

Il bosse dans un garage, après tout. Il doit avoir accès à ce genre de voitures.

Quelqu'un sonne à la porte, et Rikki dévale l'escalier. Les aboiements de Sophie se taisent et se transforment en petits gémissements de soumission quand la porte s'ouvre.

Étrange, l'effet qu'il a sur la chienne.

Mon cœur se met à battre à tout rompre, mais c'est sans doute à cause de ma petite frayeur concernant les mafieux. Pas parce que j'ai hâte ou le trac d'aller au bal. Ce serait débile.

En bas, j'entends Tante Jen et Rikki parler, puis la voix rocailleuse de Bo.

Bon sang. C'est peut-être bel et bien de la hâte, en fin de compte, car l'entendre me met dans tous mes états.

J'enfile une paire de stilettos avant de fourrer mes affaires dans une pochette.

Quand je descends les mâches, Bo s'interrompt en plein milieu d'une phrase. Ses yeux prennent une teinte argentée assortie à sa cravate grise. Moi qui croyais qu'un sportif de Wolf Ridge serait ridicule en costume chic, je me suis trompée. Pour être honnête, je m'attendais presque à ce qu'il débarque en tee-shirt taché de graisse pour m'humilier au bal.

Mais non. Il est à tomber par terre. Et il est parfaitement à l'aise dans sa chemise blanche, son blazer et sa cravate. Comme un top model. Ou une célébrité.

J'ai très envie de coucher avec lui.

Et c'est la première fois qu'un mec m'inspire ce genre d'idée.

— Oh, mon cœur. Tu montres tes jambes.

Il a dit ça d'une voix presque chagrinée, en dépit de l'admiration évidente sur son visage.

J'ai peut-être choisi cette tenue pour lui, subconsciemment, en tout cas. C'est une robe-fourreau qui s'arrête à mi-cuisses, mais sans être vulgaire. Sur une fille plus petite, elle pourrait couper la silhouette, mais j'ai de longues jambes, alors elle me met en valeur.

Tante Jen se raidit en entendant sa remarque. Je doute qu'elle soit prête à entendre des sous-entendus sexuels, surtout en présence de Rikki.

Charmeur comme il est, Bo s'empresse de se rattraper :

— Toutes mes excuses, Madame.

Toutes mes excuses ? Sérieux ? Il a lu un manuel de savoir-vivre, ou quoi ? Encore une fois, je suis étonnée. Bo Fenton est plein de surprises.

— Je vous promets d'être respectueux avec Sloane. À quelle heure voulez-vous que je la ramène ?

Ma tante est conquise. Et un peu gênée, car je n'ai pas de couvre-feu, et ce n'est pas une situation dont elle a déjà fait l'expérience, vu l'âge de ma cousine.

— Oh, euh, à quelle heure se termine le bal ?

— On rentrera pour vingt-trois heures, réponds-je.

— Minuit, c'est suffisant, dit-elle.

— Alors minuit, déclare Bo avec un clin d'œil.

Non, mais franchement, qui fait encore des clins d'œil ? Ce mec, avec son sourire de pirate.

Il me tend la main. Je suis tentée d'ignorer son geste, mais Rikki et ma tante nous observent en souriant, alors je glisse ma paume dans la sienne.

Sa main calleuse est grande et dure. Je déteste le frisson d'excitation que cela provoque chez moi. Je n'ai vraiment pas besoin de ce genre de distraction, en ce moment.

Surtout pas de la part d'un mec qui semble déterminé à me briser le cœur.

Il me lance un sourire moqueur alors que nous sortons, mais il me serre la main avant de la lâcher. Il m'ouvre la porte comme un gentleman.

Je suis une nouvelle fois surprise par ses bonnes manières.

— Jolie bagnole.

— C'est celle de Winslow. On risque de se faire contrôler, vu que la chasse à l'homme est toujours en cours. Tu ferais mieux de ne pas trop picoler.

Je lui jette un regard dégoûté.

— Il est hors de question que je boive !

Il hausse les épaules.

— Tu pourrais. C'est moi qui conduis. Et je suis sûr que *Tyler* est du genre à traiter sa copine avec soin si elle boit trop.

Le fait qu'il mentionne Tyler me serre l'estomac.

Bo me jette un regard inquisiteur alors qu'il se glisse dans le siège passager.

— Il n'y a pas de Tyler, hein ?

La boule que j'ai dans l'estomac me quitte d'un coup. Je reste sans voix.

Sa déduction me perturbe profondément. C'était un mensonge tout bête, qui n'a pas grande importance, mais s'il a deviné la vérité à ce sujet, que risque-t-il de découvrir d'autre ?

— J'ai fouillé ton répertoire, admet-il, remarquant sans doute ma stupéfaction.

Je suis toujours incapable de parler. De répondre. Je glisse les mains entre mes jambes, car sans que je sache pourquoi, elles tremblent. Je ne sais pas pourquoi je me sens si vulnérable.

Je comptais peut-être sur Tyler pour créer une barrière entre moi et ce beau mec dangereux et vengeur.

Bo allume le moteur, mais il continue de me regarder.

— Pourquoi est-ce que tu l'as inventé ?

Je déglutis, mes cordes vocales comprimées.

— Pour que les mecs gardent leurs distances, dis-je d'une voix éraillée.

— Pourquoi ?

Je secoue la tête, toujours tremblante.

— Je ne voulais pas de leurs attentions. Ni de distractions.

Ni que qui que ce soit meure.

Ses yeux bleus continuent de me transpercer pendant quelques instants, puis il tourne enfin la tête vers le pare-brise et se met en route.

— Je suis content, dit-il sans me regarder.

Je suis tentée de ne pas lui poser de question, mais je ne peux pas m'empêcher de le faire.

— Pourquoi ?

— Si ce connard s'était pointé ici, je l'aurais tué.

Une vague de chaleur me parcourt le corps, et mon sexe se met à me picoter.

— C'est absurde, dis-je d'une voix chevrotante.

Il hausse les épaules, les yeux toujours braqués devant lui. Comme s'il regrettait un peu sa confidence.

— Tout ce que je dis, c'est que Tyler a de la chance de ne pas exister.

Je laisse échapper un gloussement.

— Tu es complètement taré, Bo.

— Ça, c'est clair.

Il semble en être fier.

Nous roulons en silence un moment, puis je me souviens.

— Comment s'est passé ton match ?

— On a gagné.

— Et tu as eu le droit de jouer ? Je croyais qu'il fallait assister aux cours de la journée pour pouvoir participer.

— Mon coach m'a gueulé dessus, mais il m'a autorisé à jouer. Il est courant de la situation avec Winslow.

Il me glisse un regard, et la culpabilité se remet à me serrer l'estomac.

— Je suis désolée.

C'est la première fois que je m'excuse. Ou si je l'ai déjà fait, c'est la première fois que je le pense. Je n'ai jamais aimé Winslow. Il me terrifiait et il n'avait pas l'air d'être un mec bien. Mais je commence à ressentir quelque chose pour Bo. Et depuis le début, il semblait pressentir que cette histoire se terminerait mal pour son frère. Il a tenté de me tenir à l'écart.

Je l'ai ignoré.

J'ai beau estimer que l'arrestation manquée de Winslow n'est pas de ma faute – c'est un adulte capable de prendre ses propres décisions, après tout –, je suis désolée que Bo ait perdu son frère à cause de cette histoire.

Une victime collatérale de plus à cause de mes emmerdes.

Une raison de plus de me débarrasser de Bo pour de bon avant qu'il en pâtisse encore plus.

— C'était le premier match de l'année pour Cave Hills aussi, aujourd'hui ? me demande-t-il. Ah, et au fait, est-ce que je suis en train de parler à la reine de la promo ?

— Non, le match a eu lieu hier soir, et les roi et reine sont annoncés pendant le bal.

— Et tu avais vraiment l'intention de ne pas y aller ?

Je m'agrippe à la poignée de la portière alors que je songe à la raison pour laquelle cette histoire de reine du bal n'a aucune importance pour moi.

— Non, réponds-je.

Bo me jette un nouveau regard curieux.

— Parce que tu as des ennuis.

Ce n'est pas une question, c'est une affirmation. Et une nouvelle fois, je me sens vulnérable.

— Peut-être que ces conneries m'indiffèrent, tout simplement.

— Peut-être.

Son ton suggère qu'il n'y croit pas.

Nous arrivons au bal, et je paye nos tickets d'entrée, car je doute que Bo roule sur l'or et il me reste un peu d'argent après la vente de la Porsche.

Il entre dans la salle comme s'il était chez lui, et ça me va, car c'est aussi l'attitude que j'adopte, en général. Mais je n'ai pas l'habitude de partager les projecteurs avec la personne qui m'accompagne. Il salue Teri et Sam comme si c'étaient de vieilles amies, puis serre la main à leurs cavaliers, deux types sympas, mais un peu dégingandés de notre équipe de cross.

Il entremêle ses doigts aux miens, puis nous fait fendre la foule. Tout le monde se retourne sur notre passage. Nous sommes tous les deux grands et beaux, avec une démarche assurée.

Oh, et puis merde. Je décide de jouer le jeu à fond. C'est le meilleur moyen de ne pas me laisser affecter par Bo. Je le tire sur la piste de danse et ondule contre lui.

Il pousse un grognement bestial et m'enserre la taille.

Oh la vache. J'adore ça. Beaucoup trop. Son corps est

ferme et musclé, et il a le sens du rythme. Il glisse une cuisse entre les miennes et m'enlace pour que je me frotte à lui.

Bon sang. Nous sommes là depuis moins de cinq minutes, et je suis déjà prête pour une partie de jambes en l'air. Ce serait vraiment cliché si je perdais ma virginité le soir du bal, non ? Bon, ce n'est que le premier bal de l'année, par le bal de promo, mais quand même... ça reste un bal.

~

Bo

L'odeur du désir de Sloane m'enivre.

Elle m'envoie tout un tas de signaux, mais je suis sûr que c'est une ruse. Elle veut me battre à mon propre jeu.

J'ondule des hanches en rythme, son corps pressé contre le mien, et je tente de déterminer si sa culotte est mouillée alors qu'elle se frotte à ma jambe.

J'ai envie de la baiser sauvagement.

Ça, ce n'est pas nouveau.

Ce contre quoi je dois vraiment lutter, là, c'est mon envie de l'embrasser. J'essaye de deviner comment elle réagirait. Je me demande comment je pourrais la jouer : comme une torture, destinée à lui foutre la honte devant tout le lycée, à la punir pour tous ses mensonges ? Ou comme un vrai baiser ?

C'est la deuxième solution qui me tente.

Malheureusement, ou heureusement, peut-être, mes hésitations sont interrompues par l'annonce des roi et reine du bal.

Quand Sloane est appelée à monter sur l'estrade, je place une main derrière sa tête et colle sa bouche à la mienne.

— Rends-moi fier, princesse.

C'est une punition, et elle n'est pas aussi savoureuse que je me le suis imaginé.

En fait, elle a un goût amer, surtout quand Sloane me repousse et s'éloigne sans un regard en arrière. Elle monte sur l'estrade pour rejoindre les autres nommés de la classe de terminale. Son attitude hautaine m'apprend qu'elle est impatiente de quitter la scène.

Ils annoncent d'abord le prince et la princesse des classes inférieures, gardant les terminales pour la fin. Je ne suis pas surpris quand elle est élue reine. Je glisse deux doigts dans ma bouche et émets un sifflement sonore qui pousse tout le monde à me regarder. Je feins l'admiration et applaudis comme tout le monde pendant que Sloane accepte sa couronne avec un sourire factice et un *merci* lancé à la foule.

Je me sens con quand elle quitte l'estrade et part dans la direction opposée, vers les toilettes.

Sloane

Je fonce aux toilettes et m'enferme dans une cabine avant de m'adosser à la porte avec un grand soupir.

Tout est tellement vide de sens. En arrivant au lycée de Cave Hills, j'ai gardé la tête haute, agité les cheveux et joué le rôle que je connais si bien. Je ne voulais pas que les gens apprennent mon passé, alors je suis devenue leur reine.

Mais après ce passage sur scène, je suis écœurée. Je ne veux pas de cette foutue couronne. D'accord, j'ai adoré être élue chaque année dans mon lycée de Grosse Pointe, mais ça semble remonter à des millions d'années.

J'étais différente, à l'époque. La petite princesse riche, mais délaissée d'un agent de change. Les couronnes et la popularité m'aidaient à remplir le vide laissé par ma vie de famille.

À présent, je sais que tout n'est qu'une illusion. Je savais quoi dire et comment agir pour gagner l'estime des élèves. Je joue les filles un peu froides, arrogantes, et j'ai les vêtements et les accessoires qu'il faut, à défaut d'avoir une voiture. Et bien sûr, je suis jolie. Apparemment, c'est suffisant pour être élue reine du bal.

Ces gens ne sont pas mes amis. Personne ne connaît la véritable Sloane McCormick. La fille qui a presque toujours souffert du syndrome de l'imposteur. Qui n'a jamais cru mériter la place qu'elle prend. S'ils savaient qui est mon père, ce qu'il a fait, ce que j'ai fait pour me sauver, ils me tourneraient le dos.

Et avoir Bo pour témoin de tout ce cirque me donne l'impression que toutes les fissures de mon armure sont bien visibles. Avant, personne n'y regardait de trop près.

Mais lui si. Il est beaucoup trop observateur. Et je sais qu'il se moque de moi.

Pourtant, le plus fou, c'est que ses attentions me rendent également accro. Je les fuis, mais une part de moi ne rêve que d'une chose : retourner danser avec lui. Admirer son beau visage et continuer de lui faire des doigts d'honneur.

Alors je sors des toilettes, applique une nouvelle couche de gloss et regagne la salle. Bo est assis avec mes amies, à boire du punch en riant. Je tire une chaise, mais il m'assoit sur ses genoux, ses bras puissants autour de ma taille.

C'est du cinéma. Il essaye de me mettre mal à l'aise, alors comme sur la piste de danse, la meilleure solution, c'est de jouer le jeu. Je passe un bras autour de ses épaules musclées, et je me penche pour lui mordiller le lobe de l'oreille. Un peu trop fort.

Son bras se serre autour de ma taille.

— Attention, murmure-t-il. Sinon, je te punirai.

Sa main glisse sur ma cuisse. Il bouge les jambes, et les miennes, par la même occasion, pour qu'elles se retrouvent sous la table, cachées par la nappe. Puis il pose une paume calleuse sur l'intérieur de ma cuisse.

Je serre les jambes pour l'empêcher de remonter jusqu'à mon centre.

— Mmm, gronde-t-il en me mordillant l'épaule. Je pense que Tyler aurait déjà conquis cette zone, pas toi ?

Son ton coquin m'effleure la peau. Trop bas pour que mes amies l'entendent. Assez haut pour enflammer ma petite culotte.

Je me tortille sur ses genoux, et il gémit, me laissant sentir l'ampleur de son érection contre mes fesses.

— Allez, Gambettes. Écarte encore un peu ces jolies cuisses.

Je n'en ai pas envie. Enfin, si... j'en meurs d'envie. C'est bien ça, le problème. Je ne devrais pas. Bo est là pour me tourmenter, et ses tortures risquent d'entraîner ma chute.

Mais je ne peux pas m'en empêcher.

J'entrouvre les jambes, et ses doigts remontent jusqu'à l'élastique de ma culotte.

Enfin, c'est plutôt un string. Un string ficelle affriolant. De toute évidence, une part de moi savait qu'il glisserait la main sous ma robe ce soir.

Il prend son temps, me titillant en effleurant la soie de mon sous-vêtement. Cela éveille toutes les terminaisons nerveuses de mon corps. Je me plonge dans cette sensation, aux aguets.

Puis il glisse un doigt sous le tissu.

Je serre les lèvres pour retenir une exclamation. Mon sexe se contracte alors que mes cuisses s'ouvrent en grand pour lui.

— C'est bien, mon cœur. Ouvre-toi à moi.

Mes tétons brûlent sous ma robe. Et je suis trempée. C'en est presque gênant. Il commence à explorer lentement mon entrejambe, et je dois prendre sur moi pour ne pas haleter. Pour ne pas gémir. C'est délicieux.

Il m'embrasse dans le cou tout en traçant le contour de mon entrée. Quand je me contracte, il s'en éloigne et explore mon clitoris jusqu'à ce que ma respiration devienne haletante et que je me tortille sur ses genoux. Puis il me donne une petite tape et porte les doigts à sa bouche pour les lécher.

Je lui prends le poignet et tente de baisser sa main, horrifiée à l'idée que quelqu'un devine ce qu'il est en train de faire, mais il a une force impressionnante. Je n'arrive pas à le faire bouger d'un poil. Il me sourit, ses doigts toujours en bouche, ses yeux argentés dans la pénombre.

— J'en veux encore, dit-il.

Je descends maladroitement de ses genoux, beaucoup trop excitée pour les circonstances.

— Il faut que j'aille aux toilettes, balbutié-je.

— Tu peux fuir, mais tu ne peux pas te cacher, murmure-t-il.

Son sourire de pirate est de sortie, et ses yeux brillent de malice.

Maudite soit sa beauté.

Maudit soit le désir qu'il m'inspire.

Je m'échappe avant qu'il ne cause davantage de dégâts.

～

Bo

Je suis obligé de rester assis une minute de plus avant de pouvoir reprendre le contrôle de mon membre. Puis je me glisse par la porte de derrière pour prendre l'air. Je sors mon portable et vérifie si je n'ai pas de messages de mon frère.

— Hé, c'est pas un des joueurs de Wolf Ridge ?

Merde.

C'est l'un des membres de l'équipe de football de Cave Hills.

J'avais peu de chances de me faire repérer. Sur le terrain, nous portons des casques et des tenues identiques. Je ne devrais pas être facilement démasqué.

— Si, c'est lui.

— Il est venu avec Sloane McCormick, commente un autre joueur.

— J'hallucine.

Ils s'approchent tranquillement, leur alpha en tête. Les humains aussi ont leurs alphas, même s'ils ne comprennent rien aux dynamiques de meute.

Je sens immédiatement l'agressivité qui se dégage d'eux, et mon loup pousse un grognement, mais je le garde sous contrôle.

C'est l'une de ces situations contre lesquelles notre coach nous met régulièrement en garde. Nous ne nous battons pas contre les humains. Même s'ils sont bêtes ou exaspérants. Nous devons étouffer notre envie de leur montrer qui est le chef.

Parce qu'évidemment, nous sommes capables de gagner n'importe quelle bagarre. Les humains ne font pas le poids face à notre force supérieure.

Si j'étais plus malin, je tournerais les talons et regagnerais la salle sur-le-champ.

Je trouverais Sloane. Je lui demanderais si elle voulait rentrer.

Mais mon loup n'a pas envie de ranger les crocs et de se replier. Je n'ai peut-être pas le droit de me battre, mais je suis incapable de me cacher.

Je m'adosse au mur de briques et les regarde approcher, leurs torses bombés.

— Comment ça va, bande de cons ?

Leur chef me saisit par le col et me plaque au mur.

Je dois faire un effort surhumain pour ne pas bander les muscles. Pour ne pas le frapper instinctivement.

— Sérieux ? Tu nous traites de cons ? C'est toi qui es sur notre territoire, ce soir.

— Nan. Tout l'État est à nous, connard. C'est mon territoire.

C'est débile, je sais. Le coach Jamison me couperait les couilles s'il me voyait les provoquer ainsi, mais je ne peux pas m'en empêcher. Ces types sont des abrutis, qui jouent les coqs de basse-cour.

Le chef me donne un coup de poing, que j'esquive. Mais ses amis ne perdent pas de temps. Ils me plaquent les bras contre le mur pendant que leur pote me donne plusieurs coups dans les côtes. Je pourrais les repousser. Ce serait simple comme bonjour. Je pourrais leur mettre la pâté, aux trois d'un coup, mais je serre les dents pour ma meute.

Nous ne pouvons pas gagner à tous les coups, sinon nous risquerions d'éveiller les soupçons du monde des humains.

Il me donne un coup de poing en pleine tête, et ma bouche s'emplit de sang. Je crois qu'une dent m'a ouvert la lèvre. Tant pis. Je serai guéri dans une heure ou deux.

Le problème, le putain de hic, c'est que Sloane choisit cet instant pour sortir.

Je repousse mes agresseurs pour libérer mon bras droit tout en essayant de me maîtriser.

Mais Sloane m'évite d'avoir à les frapper quand elle débarque en hurlant :

— Lâchez. Mon. Mec.

Mes muscles redeviennent tout mous, et je souris bêtement.

Les alpha-brutis seront morts de rire, quand je leur raconterai ça.

Sauvé par une fille.

Une humaine.

Le visage hideux de leur chef se tord de colère.

— C'est *lui* ton mec ? demande-t-il en m'envoyant un nouveau coup de poing, que j'esquive. Je croyais que tu sortais avec un type de Detroit.

— Oui. Jusqu'à ce que je rencontre Bo.

Mmm.

Je ne sais pas à quoi elle joue, mais c'est vachement divertissant. Elle se vante de sortir avec moi, maintenant ?

Elle doit vraiment détester ce mec.

Il me donne un nouveau coup de poing, et je commence à l'éviter, mais au dernier moment, je change d'avis et le laisse me frapper. C'est ma mâchoire qui trinque.

— Arrêtez ! s'écrie Sloane.

La panique dans sa voix donne envie à mon loup de prendre le dessus pour la protéger. Mais bien sûr, c'est pour moi qu'elle s'époumone.

— Lâchez-le !

— Pourquoi est-ce que tu sors avec ce type ? demande leur chef en me poussant, ce qui fait perdre l'équilibre à ses amis qui me maintiennent. Tu ne savais pas qu'il était de Wolf Ridge ?

L'animosité de Sloane est évidente, à présent. Elle lui jette un regard noir, son expression pleine de dégoût.

— Je suis sûre que pour toi, ça a une signification, mais je te rappelle que je ne suis pas du coin. Pour moi, ça ne veut rien dire.

— C'est tous des ploucs ignorants, explique l'un des joueurs. Des pauvres consanguins cons comme leurs pieds, mais bons en sport. Tout ce qu'ils savent faire, c'est gagner des matchs, mais il n'y en a jamais un pour aller à la fac.

Je ne le frappe pas. Ce serait trop facile. Je préfère me dégager et marcher avec arrogance jusqu'à Sloane.

— Le seul qui se montre ignorant ici, c'est toi, Brian, réplique Sloane en me prenant par la main.

Elle me mène loin du bâtiment, en direction du parking. Je la laisse faire jusqu'à ce que nous ayons disparu à l'angle du lycée, puis je lui passe un bras autour des épaules, comme si j'avais besoin d'aide. Elle vient de les voir me rouer de coups. Il faut au moins que je fasse semblant d'avoir mal.

— Oh non, ça va ? demande-t-elle.

Je lui adresse un grand sourire. J'ai du sang dans la bouche, alors j'ai sûrement les dents toutes rouges.

— Qu'est-ce qui te fait sourire ?

— Toi, qui viens de me sauver.

— Ne t'emballe pas, ça ne veut pas dire que je t'aime bien.

Je déverrouille la portière passager de la Mustang de Winslow.

— Je crois que si, Gambettes.

Une fois qu'elle est montée, je fais le tour de la voiture et démarre. Il est encore tôt ; j'ai le temps de l'emmener ailleurs. Et cette idée me séduit, mais moins que la perspective de la ramener chez elle, vu que j'ai l'intention de passer une nouvelle nuit dans sa chambre.

Et pas par terre.

Je prends la route, et elle enlève sa couronne d'un geste brusque avant de la jeter sur le tableau de bord. Elle tourne le bouton de la radio jusqu'à tomber sur une station.

Je me gare devant la maison de sa tante et coupe le moteur.

— Tu n'es pas obligé de me raccompagner à la porte.

— Oh, mais si. J'ai promis à ta tante d'être respectueux.

Elle pousse un grognement amusé et se glisse hors de la voiture avant de fermer la portière. Elle se précipite vers la maison comme si elle était impatiente d'être débarrassée de moi.

Je suis obligé de presser le pas pour la rattraper, mais mes jambes sont plus longues que les siennes. Je pose la main sur la poignée avant elle.

— Quoi, pas de baiser ?

— Certainement pas, réplique-t-elle en me repoussant.

Mais j'ai envie de l'embrasser. Très envie. Le moment est venu d'arrêter de me comporter comme un con.

Je glisse la main dans ses cheveux.

— Un seul, tenté-je de l'amadouer. Ça sera agréable.

Elle hésite, et le doute brille dans ses yeux d'un brun cuivré. Elle en a envie, elle aussi. Mais elle ne me fait pas confiance.

Je penche la tête. J'effleure ses lèvres des miennes pour prendre la température. Elle ne recule pas. Je me colle un peu plus à elle, tout en restant doux.

Elle m'embrasse en retour, rien qu'un peu.

Je l'enlace et approfondis notre baiser. Tout est agréable.

Naturel.

Sa saveur. Son corps contre le mien. La façon hésitante avec laquelle elle se donne à moi.

Je la plaque contre la porte et deviens passionné. Ma langue se glisse entre ses lèvres. Ma main se pose sur ses fesses.

Elle se donne encore plus. Me laisse faire.

— Tu as un goût de sang, murmure-t-elle quand je la laisse reprendre son souffle.

Je montre la fenêtre du haut d'un geste du menton.

— Alors laisse-moi entrer, et je me brosserai les dents.

Elle réfléchit, les paupières lourdes, puis ouvre la porte et se faufile dans la maison.

Je prends ça pour un *oui* et parviens à peine à contenir un geste victorieux alors que je regagne ma Mustang pour la garer hors de la vue de sa tante.

J'enlève ma cravate et ma veste dans la voiture et ramasse mon sac à dos, qui contient un change de vêtements et mon chargeur. Je fourre la couronne de Sloane dedans. Puis je ressors dans la nuit et grimpe avec souplesse sur le toit du porche.

Sloane se tient devant sa fenêtre ouverte et me regarde approcher.

— Ça semble si facile, quand tu fais ça.

Je hausse les épaules et me glisse à l'intérieur.

— *C'est* facile.

Parce que j'ai une force surhumaine. Mais pour cette fois, je la laisse m'admirer.

Elle a mis de la musique, sans doute pour étouffer les bruits que je risque de faire.

Je fouille dans mon sac et lui donne sa couronne, tout en ravalant tous les commentaires que je suis tenté de faire sur son statut de princesse. Au lieu de ça, je laisse tomber mon sac et glisse un doigt sous la bretelle de sa robe.

— Ce soir, tu étais sans conteste la reine du bal.

Elle souffle, balayant mon compliment tout en m'autorisant à la toucher. Elle me montre le sang qui tache ma chemise blanche.

— Je suis désolée que les mecs de mon lycée soient aussi cons.

— Nan, t'inquiète. Je les ai un peu provoqués.

— À trois contre un ? Ce n'est pas très malin.

Je hausse les épaules. L'entaille de ma lèvre est déjà à moitié guérie, mais ça, elle ne le sait pas.

— Tu as raison. C'était bête.

Je souris et me rends dans la salle de bains afin de chasser le goût métallique de ma bouche, pour qu'elle veuille de nouveau m'embrasser.

Quand je reviens, elle n'a pas bougé. Elle reste là, à m'observer.

À réfléchir.

Non, elle est nerveuse.

Je ne sais pas comment j'ai fait pour ne pas m'en apercevoir plus tôt, mais à présent, ça me paraît évident. Si je tends l'oreille, j'arrive à entendre le rythme de son cœur, beaucoup plus rapide que la normale. Je sens une touche de peur dans son odeur, mêlée à son excitation.

Sloane McCormick, cette déesse sublime et super sexy, a le trac en présence d'un mec ? En ma présence ?

Je le prendrais bien comme un compliment, mais je ne pense pas que ce soit à cause de moi.

Depuis notre rencontre, elle est plutôt à l'aise. Nous n'essayons pas de nous impressionner l'un l'autre. Nous avons plutôt tendance à nous envoyer chier.

Je me dirige vers elle à grands pas, place une main derrière sa tête et plaque mes lèvres aux siennes.

Un frisson la traverse, puis elle s'ouvre lentement. Elle se colle à moi et pose les mains sur mes côtes.

— Hé, ma belle, dis-je avec douceur quand nous cessons de nous embrasser, en lui caressant la joue. C'est ta première fois ?

Elle se raidit, et son regard se plante dans le mien.

— Ne sois pas stressée. Ça sera bien, je te le promets.

Je lui passe un bras sous les fesses et la soulève de façon à ce qu'elle passe les jambes autour de ma taille, puis j'avance pour l'allonger sur le lit.

Son expression est pleine de vulnérabilité, et cela me donne envie d'aller vaincre des dragons pour elle.

— Comment tu l'as su ? me demande-t-elle.

Je lui mordille l'intérieur de la cuisse avant de glisser ma tête entre ses jambes.

— J'ai deviné.

Je m'attends à ce qu'elle proteste, mais tout ce que je perçois, c'est son soulagement. Elle laisse retomber sa tête sur le lit et me laisse lui écarter les cuisses.

Elle porte le string que j'ai trouvé dans son tiroir. Le noir en satin, très facile à repousser sur le côté. Elle est épilée intégralement.

Pour moi.

Je lui donne un coup de langue et place ses jambes sur mes épaules, mes mains coincées sous ses fesses. Quand elle soulève les hanches, je la lèche avec plus de ferveur, enfonçant ma langue en elle pour laper ses fluides. Je découvre ses replis de princesse jusqu'à trouver son clitoris. Quand je repousse son capuchon pour lui donner un coup de langue, il est gonflé, et elle serre les genoux autour de mes oreilles.

Je me mets à tracer les contours de son clitoris jusqu'à ce qu'il soit assez gorgé de sang pour que je le suce. Puis je colle mes lèvres autour de sa chair et j'introduis un doigt en elle.

Elle se cambre et se contracte sur mon doigt dans un gémissement.

— Déshabille-toi, Musclor, m'ordonne-t-elle.

J'ai un petit sourire en coin.

— Tu crois que c'est toi qui commandes ce soir, ma reine ?

Elle hoche la tête.

— Carrément.

Sa voix est rauque et passionnée, et mon érection devient dure comme du bois.

Je glisse mon doigt hors d'elle.

Bon, d'accord. Je la laisserai diriger les opérations. C'est sa soirée. Mais j'emporte son string avec elle alors que je recule sur le lit.

Elle m'aide, les yeux mi-clos.

— Allez, articule-t-elle.

— Je t'ai entendue, princesse.

Je déboutonne ma chemise et la laisse tomber, avant d'ôter mon marcel blanc. Je garde ma plaque militaire, car elle ne me quitte jamais.

Sloane me regarde déboucler ma ceinture et libérer mon érection. Je fourre la main dans ma poche pour en sortir un préservatif avant de laisser tomber mon jean et de déchirer l'emballage.

Je réalise qu'elle pourrait très bien me laisser en plan à nouveau. Me laisser là, la bite à la main, et me dire d'aller me faire foutre.

Mais son expression me prouve que ça n'arrivera pas. Elle a les joues rouges, les yeux troubles. Elle en a envie.

J'enfile le préservatif sans la quitter du regard. Sa robe est fermée par une fermeture éclair, que j'ouvre pour la débarrasser de son fourreau et la mettre à nu.

Elle est aussi belle et excitante que je l'imaginais. Ses seins sont fermes comme des pommes avec des tétons fiers. Elle a le ventre plat, et je retrouve le grain de beauté que j'ai déjà remarqué la dernière fois.

— Tu veux te servir de ton vibromasseur cette fois aussi ? lui demandé-je.

C'est fou comme mon état d'esprit est différent de la veille. À présent que je sais qu'elle n'a pas de petit ami. Et qu'elle a beaucoup moins d'expérience qu'elle le laisse entendre.

Elle secoue la tête, les yeux rivés sur mon sexe.

— C'est ça que je veux.

Je suis incapable de contenir un grand sourire.

— Ah bon ? dis-je en rampant le long de son corps. Tu crois que tu pourras supporter tout ça ?

Je prends mon membre en main et l'agite. Je la taquine, parce que je sais que ça l'aidera à se détendre. Elle est plus à l'aise quand il y a un défi à relever.

— Pff, tu n'es pas si bien monté que ça.

Je lui adresse un sourire en coin.

— Ça, c'est ce que tu dis maintenant.

Elle referme les jambes et dit :

— Attends, attends, attends.

Évidemment, j'obéis.

— Je rigolais. Tu es énorme. On n'a pas besoin de lubrifiant.

Je fais glisser mon gland contre ses fluides abondants.

— À toi de me le dire, mon cœur. Moi, je te trouve très mouillée. Mais si tu en as, je ne vois pas d'objection à ce qu'on en rajoute.

— Non, c'est bon. Vas-y, essaye.

Elle a de nouveau le trac. Je veux qu'elle le surmonte pour prendre son pied.

Je lui coince les poignets au-dessus de la tête d'une seule main et saisis mon sexe de l'autre pour le coller à son entrée. J'ondule lentement, appliquant de plus en plus de pression jusqu'à ce que le bout de mon membre glisse en elle. Puis je m'avance encore un peu. Elle est serrée, mais mouillée, alors je parviens à entrer. Rien ne me barre le passage. Encore quelques va-et-vient pleins de douceur, et je suis complètement enfoncé, l'étirant avec satisfaction. Je garde la pose pour qu'elle s'adapte à ma taille.

— Ça va ?

Elle hoche la tête. Elle n'a pas l'air d'avoir mal, mais elle ne semble pas non plus ressentir beaucoup de plaisir.

Je me retire.

— Viens là, dis-je en m'allongeant sur le dos à côté d'elle. Chevauche-moi. C'est toi la reine, ce soir. Prends ce qu'il te faut.

Elle se redresse sans la moindre hésitation. Je connais vraiment cette fille. Je n'ai pas encore découvert tous ses secrets, mais je la connais.

Sloane

Je ne sais pas pourquoi j'hésitais à révéler à Bo que j'étais vierge. Au lit, il est doux comme un agneau. Allongé sur le dos, son corps d'Adonis présenté à moi, c'est un vrai gentleman. Le connard arrogant qui voulait faire de ma vie un enfer a disparu.

À présent, il est attentionné et patient. Je me penche par-dessus son corps pour augmenter le volume de la radio, au cas où, puis je passe une jambe au-dessus de sa taille pour me positionner sur son membre. Il le maintient en place pour moi pendant que je m'empale lentement dessus.

Trop. Bon.

Je commence à faire onduler mon bassin. Il m'aide en saisissant mes fesses avec ses grandes paumes. Nous trouvons notre rythme, et je me laisse aller.

Puis, j'en veux plus. Je saisis ses poignets et les plaque de chaque côté de sa tête. Il me lance son sourire de pirate. Nous savons tous les deux que je ne fais pas le poids contre lui, mais il me laisse jouer. Il me laisse faire mine de mener la danse dans notre relation instable, pour une fois. Je me mets à aller plus vite, frottant mon clitoris contre lui à chaque mouvement.

C'est génial. J'en veux plus. Je veux tout.

— Tu veux que je te touche, princesse ? Laisse-moi faire.

Je ne sais pas ce qu'il entend par là, au juste, mais je lui lâche les poignets. Il pose le pouce sur mon clitoris et se met à le caresser. De son autre main, il presse un doigt contre mon anus.

Je ravale un cri face à cette attention inattendue. Face à cette sensation. Je rue, et le chevauche comme un cheval. C'est trop fort... je perds le contrôle alors que l'orgasme me traverse. Je tombe sur le côté.

Bo est un vrai prince, car il suit le mouvement sans se retirer, et il prend le relais sans cesser de me caresser. Des vagues de plaisir s'écrasent sur moi alors que j'étouffe mes soupirs et mes cris dans ma couette.

Il me replie un genou contre le buste pour atteindre sa propre jouissance, enchaînant les coups de reins contre mon corps recroquevillé.

Je le regarde faire, époustouflée par l'orgasme que je viens d'avoir. Époustouflée par Bo, cet impressionnant exemple de virilité, de muscles et de puissance. Toutes ses précautions se sont envolées, à présent.

Il ne reste plus qu'un pur désir animal. J'ai pris mon pied, et maintenant, c'est à son tour. Et il ne se gêne pas. Une fille plus prude aurait sans doute été intimidée par cette démonstration passionnée. Cette perte de contrôle. Il est inarrêtable. Mais je n'ai pas envie qu'il s'interrompe. Je suis émerveillée, fascinée par sa masculinité sans bornes.

Son visage se crispe, comme s'il avait mal, puis il me donne un grand coup de reins et reste en place, les yeux fermés.

Un instant plus tard, il rouvre les paupières et me dévisage.

— Merde, ça va ? J'étais trop brusque ?

Je secoue la tête. Il était brutal, mais je n'ai pas l'intention de le lui dire, et pas par orgueil, cette fois. Plutôt parce que je viens de faire une découverte : j'aime quand c'est sauvage. J'aurai mal, plus tard – j'ai déjà mal –, mais bon sang, que c'était bon ! Je me demande pourquoi je m'en suis privée aussi longtemps.

J'étais trop sur mes gardes, j'imagine. Je ne voulais pas laisser quelqu'un me voir dans une position vulnérable. Difficile à croire que de toutes les personnes possibles, c'est pour Bo Fenton que j'ai laissé tomber mes barrières, le mec qui me hait.

Enfin, ça, je n'en suis plus si sûre.

Il ne m'a peut-être même jamais détesté.

Ce qu'il y a entre nous n'est-il qu'une pure attraction animale, présente justement parce que nous ne sommes pas censés être ensemble ?

Moi, parce que je ne peux pas. Et lui, parce qu'il m'en veut pour ce qui est arrivé à son frère.

Il continue de m'observer d'un air presque tendre. Il tend la main et tapote l'un de mes tétons avec son pouce.

Je hoche la tête.

— Tu as mal ?

— Oui, un peu.

Il grimace et se retire.

— Désolé. Je me suis un peu emporté, sur la fin.

Il descend du lit et se rend dans la salle de bains, m'offrant une vue sur ses fesses joliment sculptées. J'aime la facilité avec laquelle il se montre tout nu. Mais bon avec un corps comme ça, qui serait gêné ?

Je ramasse son marcel et l'enfile, plus pudique que lui.

Quand il revient, il dit :

— J'ai enveloppé le préservatif dans du papier toilette. Tu crois que ça ira ? Qui vide la poubelle ?

— Ah ! Euh, je penserai à la sortir.

Oh non, je crois que je rougis. Bo s'approche et pose les mains sur ma taille, frottant le tissu de son marcel sur ma peau.

— J'aime bien te voir dans mes vêtements. J'aime beaucoup ça.

Il a l'air sincère, en plus. Et ça me terrifie.

Cette relation d'amis-ennemis que nous avions me convenait. Je connaissais les règles du jeu. Mais ça ? Ça, je ne sais pas comment le gérer.

Il place une grande patte derrière ma tête et attire mon visage vers le sien pour un autre baiser renversant. J'ai envie de me laisser aller dans ses bras. De me laisser aller avec lui. De me jeter à corps perdu dans ce que nous partageons, quoi que ce soit, quoi qu'il désire.

Mais c'est trop dangereux.

Je ne peux pas mettre mon cœur en jeu.

Il faut que je trouve du fric avant le retour du mafieux, sans quoi je serai foutue. Et Bo est une distraction. Voire un handicap. Et si la police nous trouve ensemble, elle fera vite le lien entre nous. Je risquerais la prison. Bo pourrait être accusé de complicité alors qu'il n'a rien fait. Quant à Rikki, elle finirait entre les mains d'un pervers.

— Bo, dis-je en posant les mains sur son torse tout en détournant le visage. Il faut que tu partes.

Il me prend par le menton pour m'obliger à le regarder. Nos fronts se touchent presque, mais l'atmosphère a changé du tout au tout. Une vague de tension le traverse. Il est sur ses gardes, comme s'il savait exactement à quoi je pense. Ce que je m'apprête à faire.

— Hors de question, mon cœur.

— Ta présence ici n'aide pas ton frère. Et si tu es avec moi demain, ta vie pourrait bien prendre un tour encore plus désastreux.

— Tu as un nouveau coup de prévu ?

Rien ne lui échappe.

Je déglutis et hoche la tête. Il faut que je vole *et* que je vende une voiture demain, ce qui signifie que je n'aurai pas le temps d'obtenir une carte grise. Je vais devoir emprunter la voie la plus dangereuse : faire passer le véhicule au Mexique et me contenter d'obtenir un tiers de sa valeur.

J'ai le nom et le numéro du type à appeler quand j'aurai dégoté une voiture. C'est lui qui me donnera les instructions pour le rendez-vous.

J'ai déjà bien peu de chances de passer la frontière sans me faire choper, mais il faut que je tente le coup.

Les doigts de Bo se serrent sur mon menton.

— Pourquoi, Sloane ? Qu'est-ce qui se passe ?

Il est trop fort, je n'arrive pas à me dégager. Je le prends par le poignet et lui donne une tape, le regard suppliant.

— Lâche-moi.

Il plisse les yeux, mais après un temps d'hésitation, il me libère et pousse un juron. Il s'éloigne à grands pas et ramasse son boxer, qu'il enfile.

— Winslow ne voudrait pas que tu te retrouves mêlé à tout ça. Alors prends tes distances maintenant, Bo. Tu m'as assez punie comme ça. Ne fous pas ta vie en l'air.

Il se fige, le regard tourné vers la fenêtre comme s'il réfléchissait. Je tente de passer devant lui pour trouver un short à mettre, mais il m'attrape par la taille et me colle à lui.

J'en ai le souffle coupé.

Son bras est un étau, mais il pose son front contre le mien, comme si nous dansions un slow.

— Je partirai demain matin, me murmure-t-il à l'oreille.

Une vague de chaleur me traverse le corps.

Il reste pour moi. Enfin, pour lui. Parce qu'il a envie d'être avec moi.

Pas pour me torturer. Pas pour trouver son frère.

Il veut passer la nuit avec moi.

Et moi aussi, j'en ai envie.

Surtout maintenant que je sais qu'il partira. Je serre son avant-bras dans ma main. Il me mordille l'oreille, et soudain, mes pieds décollent du sol. Je suis dans ses bras.

Il me porte et me jette sur le matelas.

La tête de lit cogne contre le mur, et je pose un doigt sur mes lèvres en signe d'avertissement.

Il se contente de me sourire, ses yeux argentés luisant dangereusement à la lumière de ma lampe de chevet. Superbe.

— Comment tu peux ne pas avoir de copine ? demandé-je à brûle-pourpoint.

Je trouve ça incompréhensible. Il hausse les épaules.

— Parce que je suis un con.

Je ris, car c'est vrai. C'est bel et bien un con. Mais c'est aussi un mensonge. Son arrogance cache tant de choses plus positives.

Il rampe le long de mon corps. Sa plaque militaire glisse sur son torse parfait à chacun de ses mouvements.

— Tu veux savoir comment on nous appelle au lycée, mes amis et moi ?

Une nouvelle vague de chaleur m'envahit. Il partage une facette de lui avec moi. C'est un moment de normalité. Quelque chose que nous n'avons pas beaucoup connu.

— Comment ?

— Les alpha-brutis. Parce qu'on est vachement cons.

Je pose les mains contre ses cuisses et presse ses muscles fermes. Puis je porte la main à sa plaque militaire.

L'atmosphère change immédiatement. Il saisit ma main pour m'empêcher de lire ce qui est gravé sur le métal. Nous échangeons un regard.

— Qui est mort ? lui demandé-je avec douceur.

Il garde le silence un moment. Il y a un peu de ressentiment dans son regard, mais il finit par répondre :

— Mon père.

— Je suis désolée.

Il me lâche la main et me laisse retourner la plaque pour la lire.

Théodore Fenton, Marine.

— Tu avais quel âge ?

— Huit ans.

Il se laisse tomber à côté de moi, tout son entrain envolé. Mais je n'arrive pas à regretter ce moment. Bo me révèle ses blessures.

— Raconte-moi les tiens, dit-il après un silence.

Mes quoi ? Mais je ne pose pas la question. Je sais de quoi il parle. De mes secrets. Mes douleurs. Les choses que je ne veux pas montrer aux gens.

Je ne peux pas lui parler de la mafia, mais je peux lui révéler ce que n'importe quel crétin qui a internet est en mesure de découvrir.

— Mon père a été envoyé en prison pour détournement de fonds. C'est pour ça qu'on m'a envoyée ici.

Bo s'appuie sur son coude, les sourcils froncés alors qu'il me dévisage. Il balaye une mèche qui me tombe sur les yeux.

— Ah bon ?

Je hoche la tête.

— On était riches. On vivait dans les quartiers chics. J'allais au lycée au volant de l'ancienne BMW de mon père. Et puis bam. Un jour, le FBI a débarqué et a fouillé la maison. Ils ont arrêté mon père et ont confisqué nos affaires, sauf mes effets personnels. Et j'ai tout perdu. Il s'est suicidé dans sa cellule il y a six semaines.

Ça, je ne l'ai pas encore digéré. Pas du tout. Ni mon sentiment de culpabilité à cause de mon refus de lui adresser la parole après son arrestation. D'ouvrir les lettres qu'il m'a envoyées avant sa mort. Celles qui renfermaient peut-être les informations que le mafieux tente de me soutirer.

— Putain, Sloane, ça craint.

Il passe l'index sur ma peau, de ma clavicule à mon décolleté, avant de faire le tour d'un téton.

— Et ta mère ?

— Morte en couches. Mon père et moi, on n'était pas très proches. Il était assez distant avec moi, et je crois qu'il me jugeait responsable du décès de ma mère. Mais il était tout ce que j'avais toujours connu.

— Ta tante, c'est sa sœur ?

— Non, la sœur de ma mère. Donc je la connaissais à

peine. Mais elle est super. Je devrais lui être plus reconnaissante de m'avoir accueillie. Mais je déteste...

Ma voix se brise, et je m'interromps. C'est trop dur.

Bo me touche le menton pour me pousser à le regarder.

— Tu détestes quoi ?

Les larmes me montent aux yeux.

— Je ne sais pas.

— Si, tu sais. Dis-moi.

— Je marche constamment sur des œufs, de peur qu'elle me foute dehors et que je perde tout à nouveau. Et qu'est-ce qui se passera après le bac ? Je n'ai pas d'argent pour la fac. J'aurai peut-être droit à une bourse, mais ça ne suffira pas. Je ne sais pas ce que je vais faire.

Et ça, c'est *si* je survis à cette histoire de mafia.

Ses doigts pianotent sur mon ventre.

— C'est pour ça que tu voles des voitures ? Pour payer la fac ?

Je lâche un soupir.

— Non.

J'ai répondu trop vite. J'aurais dû lui laisser croire ça. Ça tenait debout.

— Alors pourquoi ?

— Ça suffit, les questions.

J'essaye de rouler sur le côté, mais il m'attrape par la taille et me serre contre lui.

— D'accord.

— D'accord ?

Je suis étonnée qu'il soit aussi arrangeant.

— Oui, j'arrête l'interrogatoire.

Il s'allonge sur le dos, les mains derrière la tête. J'éteins la lampe de chevet.

J'ai envie de lui tourner le dos, mais je me sens coupable, alors je roule vers lui.

— Tu comptes toujours voler une voiture demain ?

Mon estomac se serre. Je n'ai pas le choix. Le mafieux sera bientôt de retour, et je n'ai pas réussi à mettre la main sur ses lingots d'or ou sa peinture. Alors j'ai plutôt intérêt à avoir un substitut. Pour acheter ma liberté.

— Oui.

Il souffle, comme s'il était déçu.

— Je n'ai pas envie de t'aider, dit-il dans l'obscurité.

Ses mots me font l'effet d'un coup de poing. Il y a de l'amertume dedans, mais je comprends ce qu'ils sous-entendent. Il n'en a pas envie, mais il veut le faire quand même.

— Tu ne m'aideras pas, réponds-je d'une voix ferme. Winslow m'a fait jurer de ne pas te mêler à ça.

— Alors comment tu comptes la vendre ?

— J'ai un plan.

Je suis un peu sur la défensive en prononçant ces mots, ce qui souligne sans doute le fait que le plan en question n'est pas très solide, mais tant pis. Je ne compte pas demander à Bo de s'impliquer. Quoiqu'une couche de peinture puisse me donner de meilleures chances de réussite. Non... je ne dois pas le mêler à ça.

— Tu as un plan, répète-t-il d'une voix incrédule.

— Bo ? Si tu veux rester ce soir, ne sois pas désagréable.

Dans le noir, je crois voir la commissure de ses lèvres se soulever. Il roule pour blottir la tête dans mon cou.

— Regarde-toi, à édicter les règles, me gronde-t-il à l'oreille, avant de l'embrasser. Je te laisse me chevaucher, mais ne va pas croire que c'est toi qui commandes.

— Ce soir, si.

J'ignore pourquoi j'en suis persuadée. Hier soir, il m'a menacée de me dénoncer à la police, mais je sais qu'il n'en fera rien. Tout comme je n'ai pas averti ma tante de sa présence ici. Et il me laissera commander, parce que c'est comme ça. Parce que malgré son arrogance, il me respecte.

Et peut-être aussi parce que je lui ai donné ma virginité, mais je ne veux pas y accorder trop de poids, c'est trop simpliste et cliché.

Mais oui, c'est à cause de l'intimité que nous avons partagée. Nous avons abattu certaines de nos barrières, et une relation nouvelle se révèle.

Il m'embrasse dans le cou, et je prends ça pour un assentiment. Il pose une grande main sur ma hanche et me fait rouler dos à lui pour se coller à mon corps.

— C'est ça, faire les petites cuillères ? murmure-t-il.

Je ne peux pas m'empêcher de glousser.

— Oui.

— Tu es ma première petite cuillère, Sloane McCormick.

— Et toi, mon premier tout court.

Il me mord l'épaule.

— Ça t'a plu.

— Oui.

— Tu peux me chevaucher quand tu veux, princesse. Je suis à ton service.

À ces mots, son sexe se contracte contre mes fesses.

— Tu as le don pour casser l'ambiance, Fenton.

Il rit tout bas et me serre contre lui.

— Tu m'appelles Fenton, maintenant ? Je t'avais prévenu que j'étais un con. Tu aurais dû me croire.

— Et moi, je t'ai prévenu que...

Je laisse ma phrase en suspens dans l'obscurité. Je n'ai pas envie de le mettre dehors ce soir. Ça fait très longtemps que je ne me suis pas sentie aussi proche d'un autre être humain. Ça ne m'est peut-être même jamais arrivé. Et mon corps ronronne toujours du plaisir qu'il m'a procuré et me procure encore.

— Oui, concède-t-il. Je me tais.

— Merci.

Je me colle à lui, et sa chaleur envahit mes membres. Demain, nous couperons le cordon, mais rien que pour ce soir, je veux savourer l'étreinte d'un garçon. Un garçon sexy et merveilleux que je ne peux pas garder.

CHAPITRE HUIT

Bo

— Bon anniversaire, Sloane ! chantonnent deux voix féminines.

Merde !

Je roule hors du lit et me cache dessous juste avant que la porte de la chambre de Sloane s'ouvre à la volée.

J'avais entendu des voix en bas, et j'aurais dû me lever, m'habiller et disparaître, mais je n'arrivais pas à me résoudre à quitter le lit de Sloane. J'étais trop bien, contre elle.

Je ne voulais pas lui dire au revoir.

Je regarde deux paires de pieds entrer dans la chambre et s'arrêter sur le seuil. Puis les deux voix se mettent à chanter « Joyeux Anniversaire ».

C'est mignon, mais Sloane est sans doute trop paniquée par ma présence sous le lit pour apprécier cette attention. Je sens quelque chose de sucré et de chocolaté, ainsi que l'odeur de cire d'une bougie.

— Oh là là ! Merci.

J'adore la voix rauque de Sloane. Elle est tellement sexy.

Elle souffle sa bougie, et une légère odeur de fumée flotte jusqu'à mes narines. Une seule bougie, sans doute. Sur un cupcake. Ou un muffin, peut-être.

— Bon dix-huitième anniversaire, ma chérie, dit sa tante. Je sais que tu ne t'imaginais pas le passer ici, mais je veux que tu saches à quel point on est contentes de t'avoir parmi nous.

Sloane ne répond pas tout de suite. Elle ravale sans doute ses larmes.

— Merci, répond-elle enfin.

— Tu as prévu quelque chose aujourd'hui ?

— Euh... oui. Je retrouve Bo, mon cavalier d'hier soir. On doit passer toute la journée ensemble. Peut-être même la soirée, je ne suis pas sûre.

Mon estomac se serre. J'aimerais que ce soit la vérité, mais je réalise tout de suite que c'est une couverture.

Pour le vol de voiture qu'elle a prévu aujourd'hui.

Et elle a raison, je devrais sans doute prendre mes distances et la laisser gérer ça toute seule. M'éloigner sans un regard en arrière.

Mais je n'aime pas l'imaginer faire ça toute seule. Je sais qu'elle sait ce qu'elle fait, mais elle est humaine. Fragile. Si elle se fait arrêter, elle ne s'en relèvera pas.

Et je n'aime pas ça.

— Super, dit sa tante au-dessus du lit. On pourrait peut-être fêter ton anniversaire en famille demain ? Sortir dîner, ou quelque chose comme ça ?

— Oui, merci. Bonne idée.

— Tu veux tes cadeaux maintenant ? demande Rikki.

— Oh, ne me dites pas que vous m'avez acheté un cadeau, proteste Sloane.

Soudain, je suis furieux de ne pas y avoir pensé. Je savais que c'était son anniversaire aujourd'hui. Je l'ai vu sur son permis, jeudi. Mais j'ai l'impression que ça remonte à une éternité. Avant qu'une vague de changement déferle entre nous.

Avant que je connaisse ses blessures.

Du chagrin, mais aussi un sentiment de rejet. Elle a l'impression de ne pas avoir sa place dans cette maison, avec ces gens. Apparemment, elle ne se sentait pas non plus à sa place avec son père.

Et moi, j'en ai rajouté.

Le regret m'envahit. Pas étonnant qu'elle m'ait laissé la traiter comme un chien. Elle a l'habitude de se sentir coupable.

— Bien sûr qu'on t'a fait un cadeau, dit Rikki. Tu veux qu'on attende demain soir pour te l'offrir ?

— Oui, gardons-le pour le dîner, répond Sloane.

Le lit se relève alors qu'elle en descend.

— Je suis impatiente, ajoute-t-elle.

Ses pieds nus se déplacent en direction de la salle de bains.

— Je vais faire un saut sous la douche. Merci pour ce muffin d'anniversaire.

Elle essaye de les pousser à sortir. Maligne.

— D'accord, ma belle. Il y a d'autres muffins en bas, si tu veux. Rikki en a fait toute une fournée.

— Merci, Rikki. Il est délicieux.

Sa porte se referme, et Sloane se précipite au bord du lit pendant que je me relève.

— Oh la vache, dit-elle en se laissant tomber à genoux devant moi, une main sur la bouche pour contenir un éclat de rire. Je n'en reviens pas que tu aies roulé hors du lit si vite !

— Heureusement qu'elles n'ont pas entendu le bruit sourd que j'ai fait en tombant par terre.

Je la prends dans mes bras et l'assois sur mes genoux, avant de l'embrasser sur la tempe.

— Bon anniversaire, princesse.

— Argh.

Visiblement, cet anniversaire lui rappelle tout ce qui ne va pas dans sa vie.

Mince.

J'ai envie de tout arranger pour elle. Tout.

Et c'est impossible, car je m'en vais aujourd'hui.

Tout ce que je peux faire, c'est l'aider à oublier. Je la soulève et me mets debout avant de la hisser dans mes bras.

— Qu'est-ce que tu fais ? demande-t-elle en agitant les jambes.

— Je te traîne sous la douche. Ce n'est pas là que tu avais prévu d'aller ?

Je la porte dans la salle de bains et verrouille silencieusement les deux portes avant de la reposer.

J'allume l'eau.

Elle reste là, les bras croisés sur la poitrine, adorable dans mon marcel, ses cheveux ébouriffés.

Je lui tends la main.

— Tu me fais confiance ?

Un sourire réticent apparaît sur ses lèvres.

— Oui. Je ne sais pas pourquoi, mais oui.

Elle pose sa paume sur la mienne. Je lui enlève mon débardeur, avant de faire glisser le boxer au sol et de la guider jusqu'à la baignoire.

Je ramasse le savon et le fais mousser entre mes mains.

— Très bien, la star du jour. Dis-moi comment tu veux jouir.

Elle jette un regard au savon.

— Tu as un autre préservatif ?

Je hausse les sourcils.

— Tu veux jouir sur ma queue ?

— Peut-être bien.

Je saisis la base du membre en question et fais un va-et-vient.

— Ne me dis pas ça si tu ne le penses pas. Je suis prêt à rester en manque, si tu préfères ton vibro. Ou ma bouche. Ou mes doigts. C'est *ton* anniversaire, princesse.

J'adore le petit sourire qui fend son visage.

— C'est très galant de ta part, dit-elle avant de faire un signe du menton en direction de sa chambre. Va chercher une capote.

— Pas besoin de me le dire deux fois.

Je sors chercher un préservatif dans mon portefeuille et reviens en vitesse. Quand j'entre dans la salle de bains, les tétons de Sloane sont durcis, et elle a glissé ses doigts entre ses jambes.

— Oh, mon cœur.

Elle va m'achever. Je croyais avoir dépassé la phase de mon adolescence où j'étais obsédé par le sexe, mais là, je suis prêt à jouir avant même d'avoir commencé.

Toutefois, c'est son anniversaire, et je suis censé m'en aller juste après, alors autant faire les choses bien.

Je reprends le savon et le fais mousser, avant de le faire glisser sur sa nuque, son épaule, son sein.

Elle passe les doigts le long de mes abdominaux, et mon sexe se dresse de plus belle. Je caresse son autre sein, puis son ventre. Et enfin, je me mets à genoux et fais descendre mes mains le long de ses cuisses.

Je lève les yeux et observe son visage à travers mes cils chargés de gouttelettes. Puis je lui soulève un genou et place sa jambe sur mon épaule.

Je donne tout. Je la lèche, la suce, la mordille. Je la goûte comme un homme affamé. Elle s'agrippe à moi, me tire les cheveux, vacille sur sa jambe tendue.

— Je ne te laisserai pas tomber, promets-je.

Je glisse un bras autour de sa taille et plaque une main sur ses fesses.

— Je veux te sentir en moi.

Je souris, et mes genoux craquent quand je me relève.

— J'aime bien les filles qui savent ce qu'elles veulent.

— Je ne voudrais pas non plus qu'on soit à court d'eau chaude avant d'avoir terminé, ajoute-t-elle avec un sourire qui illumine mon univers tout entier.

J'ouvre l'emballage du préservatif et l'enfile.

— Tu veux faire ça par-derrière ?

Elle hésite. Je suis bête. Comment saurait-elle ce qu'elle préfère ? Hier, c'était sa première fois.

Je la prends par les hanches et la fais tourner, ses mains à plat contre le mur, puis je change l'angle de la pomme de douche pour qu'elle ne lui arrose pas le visage.

— C'est plus facile, quand on est debout. Mais si tu veux admirer mes muscles, je veux bien te soulever et te baiser sauvagement contre le mur.

Elle rejette ses cheveux mouillés par-dessus son épaule et me lance un regard torride.

— Non, dans cette position. Mais baise-moi quand même sauvagement.

Je frotte mon gland à ses fluides.

— Tes désirs sont des ordres.

Elle halète légèrement quand je la pénètre.

— Tu as toujours mal ?

— Un peu. Mais ça va. Continue.

Bon sang. Il faut que je me souvienne que les humains guérissent très lentement. J'ai été trop brusque avec elle, hier soir.

Même si ça a semblé beaucoup lui plaire.

Je m'enfonce centimètre par centimètre jusqu'à être complètement enfoui en elle. C'est tellement bon que je gémis, et ma respiration devient saccadée. Mais je dois penser à elle. Je ne peux pas perdre le contrôle. Je saisis ses hanches trempées et entame des va-et-vient, avec lenteur, d'abord. Quand elle se met à gémir, j'augmente le rythme. Ma vision devient plus aiguisée et mon champ plus réduit, comme quand je suis sous ma forme de loup, ce qui ne m'était encore jamais arrivé pendant l'amour. On dirait presque que mon loup la prend pour ma compagne. Putain, cette fille me rend dingue.

Quand *je* commence à gémir – pas vraiment, mais j'en ai envie –, je passe la main devant elle pour lui caresser le clitoris.

Elle atteint l'orgasme aussitôt. Plus vite que je ne l'avais imaginé. Son sexe se serre sur le mien dans des contractions rythmées.

Je ne tiens pas une seconde de plus. Je ferme la bouche pour ravaler un grognement de loup alors que je m'enfonce violemment en elle, mon bassin claquant contre ses fesses mouillées, mes doigts enfoncés dans sa chair. Trois coups de reins. Quatre. Cinq.

Puis j'éjacule, emplissant le préservatif alors que des étoiles se mettent à danser devant mes yeux à cause de la chaleur et du plaisir.

Quand je retrouve l'usage de la parole et de mes gestes, je la prends dans mes bras, toujours enfoncé en elle.

— Bon anniversaire, princesse, murmuré-je.

Elle me jette un regard plein de douceur par-dessus son épaule.

— Merci. On peut dire qu'il est mémorable.

J'embrasse son omoplate avant de me retirer.

— N'oublie pas de sortir la poubelle, d'accord ?

Je sors de la douche pour envelopper et jeter le préservatif comme je l'ai fait hier.

— Je n'oublierai pas, répond-elle.

Je n'aime pas les au revoir. Je ne suis pas doué pour ça, d'ailleurs, alors j'ai soudain très envie de m'en aller. Très envie de courir. Sous ma forme de loup, je veux dire.

Comme si j'avais besoin d'évacuer quelque chose.

Sloane coupe l'eau, et je lui tends une serviette.

— Je file, lui dis-je.

Elle hoche la tête. Elle veut toujours se débarrasser de moi. C'est ce qui était prévu.

— Si tu as des ennuis, aujourd'hui, appelle-moi. Je viendrai. Je te le promets.

Elle penche la tête sur le côté.

— Pourquoi ? demande-t-elle d'une voix douce, mais un peu rauque.

— Aucune idée, Gambettes. Parce que tu es toi. Et que je ne suis plus fâché.

Elle hoche la tête et sort de la baignoire avec ses longues jambes musclées qui me font perdre la tête. C'est le fantasme de presque tous les hommes, là, avec sa serviette entrouverte, ses seins parfaits et son sexe que j'aperçois par la fente.

— Merci, répond-elle.

Je reste là à la regarder. J'ai envie de l'embrasser, mais ça me paraît déplacé. Comme si nous nous tenions sur deux icebergs différents, déjà à la dérive.

— J'étais sérieux, quand je t'ai dit de m'appeler. Je n'ai pas *envie* de t'aider, mais je le ferai sans hésiter. D'accord ?

— Au revoir, Bo.

Sans que je comprenne pour toi, j'ai mal à la poitrine.

— Au revoir. Sois prudente, Gambettes. Ne te fais pas arrêter.

J'enfile mon boxer et mon débardeur, puis je me rends dans sa chambre pour mettre un jean et fourrer le reste de mes affaires dans mon sac à dos.

J'ouvre la fenêtre avant qu'elle sorte de la salle de bains. Plus vite je serai parti, mieux ce sera, vu que le risque que je me fasse chopper crève le plafond. Mais j'hésite, et je regarde autour de moi. J'ai envie de lui donner, de lui laisser quelque chose, mais je n'ai rien à lui offrir. Pas même une carte d'anniversaire.

Je griffonne un petit mot sur le bloc-notes posé sur son bureau. La même chose que je lui ai dite dans la salle de bains. *Si tu as besoin d'aide, je viendrai.*

Pff. Je me suis pris pour son chevalier servant, ou quoi ?

Mais je ne peux pas m'en empêcher. Mon loup râle déjà à l'idée de la laisser se mettre en danger. Il se fiche que ce soit une humaine ou une emmerdeuse.

Tout ce qu'il veut, c'est qu'elle soit en sécurité.

Merde.

Je me glisse par la fenêtre et me jette sur le côté pour atterrir sur le sol.

Il est grand temps que je m'en aille.

CHAPITRE NEUF

Sloane

Je n'arrive pas à me défaire de la bulle de chaleur que m'a laissée Bo. Je passe au peigne fin les rues de Scottsdale sur mon vélo pour chercher une voiture de luxe à voler, mais j'ai la tête ailleurs. Dans ma chambre.

Au lycée, quand Bo souriait, les dents en sang, comme s'il adorait se faire tabasser.

Crétin héroïque.

Bon sang, je suis vraiment en train de tomber amoureuse de lui.

Mais la chute prend fin tout de suite. Aujourd'hui. Parce que je ne le reverrai plus, c'est terminé.

Et il faut que je me concentre sur ma mission, sinon je serai dans la merde jusqu'au cou. Encore plus que je ne le suis déjà.

Je reste des heures à pédaler, mais je finis par tomber sur la voiture idéale.

Enfin, elle est hideuse, cette bagnole.

C'est une corvette orange. Une voiture de course. Je suis sûr qu'il y aura bien un trafiquant mexicain pour l'adorer.

Le plus dur, ça sera de ne pas trop attirer l'attention en lui faisant passer la frontière.

J'ai dit dur ? Impossible, plutôt !

Mais tant pis. Je sais que mes chances de succès sont bien plus faibles que d'habitude.

Je fais ce que j'ai à faire, et soixante secondes plus tard, je suis partie.

Bon, en fait, ça m'a plutôt pris deux minutes, mais oui, j'essaye de respecter la règle des soixante secondes chaque fois que je vole une voiture.

Je prends l'autoroute en direction de Tucson et j'appelle mon contact, Jorge, en route.

— Qu'est-ce que tu as ?

— Une corvette Z06 de 2017 en parfait état. Elle t'intéresse ? Sinon, j'ai un autre acheteur.

— Je suis intéressé. Quand est-ce que tu peux me l'apporter ?

— Combien tu payes ?

Il marmonne quelque chose en espagnol, puis répond :

— Je peux t'en donner dix mille, peut-être quinze mille dollars, en fonction de son état.

Merde. C'est moitié moins que ce que j'en aurais tiré avec une carte grise. Mais je m'y attendais.

— Quinze mille, sinon je ne me déplace même pas.

— Non, ça dépend de son état. Je ne peux pas te faire une offre ferme sans l'avoir vue. Viens me voir, et on en discute.

Je soupire.

— Bon, d'accord. J'arriverai avant la nuit. Je peux la conduire jusqu'à la frontière, mais je ne sais pas comment la faire passer au Mexique.

— Ça, c'est moi qui m'en occuperai. Viens à Naco. Je t'envoie l'adresse.

— Naco ? C'est près de Nogales ?

Il s'esclaffe.

— Non, c'est un autre passage frontière. Cherche sur Google. Envoie-moi un message quand tu arrives.

— OK, réponds-je, mais il a déjà raccroché.

Je tente de surmonter la peur qui m'envahit en pensant à cette transaction. *Tout ira bien. Tout ira bien. J'en suis capable.*

❧

Bo

Je travaille d'arrache-pied au garage pour tenter de combler le vide laissé par Winslow tout en évitant l'interrogatoire de mon oncle, mais pendant tout ce temps, je ne cesse de me dire que je devrais retourner à Cave Hills.

M'assurer que tout se passe bien pour Sloane.

L'idée de la laisser vendre une voiture volée toute seule ne me plaît pas du tout. Elle aura sans doute affaire à des gros cons, et vu son physique ? Elle pourrait se retrouver confrontée aux pires dangers.

Si un voyou lui fait du mal, je le buterai.

Je sors mon téléphone pour voir si elle m'a envoyé un message.

Rien.

Je me demande où elle se trouve. Qu'est-ce qui peut être assez grave pour justifier qu'elle passe son anniversaire à risquer la prison ?

Puis je me souviens du logiciel de traçage que j'ai installé sur son portable. L'a-t-elle remarqué ? Mon pouce vole sur l'écran pour consulter l'application, et je clique sur son nom.

La voilà.

Merde !

Elle est sur l'autoroute, en direction de Tucson.

Ça ne me plaît pas.

Ça ne me plaît pas du tout, putain.

Je m'essuie les mains sur un chiffon.

— Hé, Oncle Greg. Il faut que je file.

— Quoi ? Ça a un rapport avec Winslow ?

— Peut-être. Ouais. Je vais le découvrir. J'essayerai de venir demain, d'accord ?

Mon oncle pousse un juron, mais il secoue la tête comme s'il avait déjà renoncé à me retenir.

— Ne t'attire pas d'ennuis, Bo.

— Non. Ne t'en fais pas.

C'est sans doute un message.

Je prends ma moto, car la voiture de mon frère attirerait trop l'attention. En plus, ma Triumph sera plus maniable en cas de bouchons.

Je ne sais pas pourquoi rejoindre Sloane me semble aussi urgent, mais c'est le cas. Je démarre ma moto et prends la route sans même prendre le temps d'envoyer un message à ma mère. Je la tiendrai au courant une fois arrivé.

Je conduis vite, et le vent qui souffle autour de moi satisfait mon besoin de courir sous forme de loup.

Oui. Dépêche-toi. Rejoins Sloane, me murmure-t-il.

Et j'obéis. Elle ne m'a pas demandé mon aide, mais apparemment elle va l'obtenir, qu'elle le veuille ou non.

Sloane

Naco, dans l'Arizona, est une petite ville frontalière située après Sierra Vista. J'y arrive avant le coucher du soleil et j'envoie un message à Jorge.

Il ne me répond pas tout de suite, ce qui me stresse à mort. Je suis comme un poisson hors de l'eau, ici. Je finis par me garer derrière une école et m'avachis dans mon siège pour traîner sur Instagram.

Il y a plein de photos du bal. Les élèves de Cave Hills sont très glamour, même s'ils semblent un peu déguisés. Je suis taguée sur plusieurs photos.

Un cliché de Bo et moi fait battre mon cœur à cent à l'heure. Nous sommes sur la piste de danse, et il m'enlace. Il me sourit d'un air mi-amusé, mi-indulgent.

Parce qu'à ce moment-là, nous jouions encore la comédie. Je faisais tout pour l'exciter en me frottant à lui. Et ça marchait, mais il parvenait à se maîtriser.

Je me demande si je rencontrerai un jour un autre garçon comme lui. Il est très arrogant, mais son assurance est méritée. Il a tout pour lui : le physique, les aptitudes sportives, le charme. Il a tout de l'alpha-bruti, comme ils disent dans son lycée.

Le vrombissement d'un moteur de moto me pousse à m'enfoncer dans mon siège, même si les vitres sont teintées. Je ne me fonds décidément pas dans le décor, avec ce bolide orange vif.

Quelqu'un tape à la fenêtre et je pousse un hurlement. Puis mon cœur fait un bond dans ma poitrine.

Bo.

Je descends la vitre.

— Qu'est-ce que tu fais là ?

— Je t'ai suivie.

— Pourquoi ?

J'ouvre la portière et sors du véhicule, le corps ankylosé par le long trajet.

— Je t'avais dit que je te collerais au train.

— Non, tu as dit aux basques. Et je t'ai demandé de ne pas t'en mêler. Bo, tu ne veux vraiment pas être là pour ça.

Il hausse les épaules. Il est redevenu le Bo grognon, énervé d'être là, mais c'est peut-être parce qu'il vient de faire quatre heures de moto pour me rejoindre.

Pas ma faute.

— Je suis là. C'est quoi, le plan ?

J'ai beau protester, je suis soulagée qu'il soit avec moi. J'étais terrifiée à l'idée de ce qui allait se passer.

— J'attends qu'on m'envoie un message pour me dire où l'amener.

— D'accord. Alors on attend. Tu as faim ?

— Je suis affamée, admets-je.

— Moi aussi.

Il jette un coup d'œil à la voiture et ajoute :

— Super caisse.

Je ne peux pas m'empêcher de sourire.

— Oui, c'est sûr. Tu veux la conduire ?

Il aime les voitures. Il a grandi dans un garage. C'est son boulot. Je vois bien qu'il sait apprécier cette Corvette. Il a envie de s'asseoir derrière le volant. Mais il est raisonnable et répond :

— Nan.

Je ne devrais pas insister. Mais il s'est déjà rendu complice de mon délit. Alors autant en profiter pour conduire ce petit bijou volé.

— De zéro à cent kilomètres-heure en trois secondes. Monte. Je sais que tu as envie de l'essayer.

Je fais le tour pour m'asseoir sur le siège passager.

Bo grommelle un juron et se laisse tomber derrière le volant, puis fait reculer le siège encore plus que moi. Il met sa ceinture et ferme la portière.

— Bon, OK, j'ai carrément envie de la conduire.

Il démarre, quitte le parking et prend les petites rues à toute vitesse.

— Va sur Google Maps et trouve-moi une route déserte sur laquelle je puisse aller à fond.

Je m'exécute, et je lui indique le chemin.

Il s'arrête et fait vrombir le moteur.

— Tu chronomètres ?

J'ouvre l'application adéquate sur mon portable et hoche la tête.

— Vas-y dans trois... deux... un !

Il démarre en faisant crisser les pneus. La voiture monte à cent, cent vingt, cent quarante kilomètres-heure.

— Accroche-toi, Gambettes ! me lance-t-il avant d'écraser les freins pour tourner à droite.

Je pousse un cri euphorique, et Bo rit comme un fou alors qu'il remonte à cent quarante kilomètres-heure dans l'autre direction.

Il continue d'aller et venir pour tester la voiture, m'obligeant à crisper les doigts sur la poignée, envahie par l'adrénaline.

Au bout d'une vingtaine de minutes, j'ai la voix éraillée d'avoir tant hurlé, et je commence à avoir mal à la nuque à force de me tendre à chaque changement de direction.

Bo fait un dernier tour, puis reprend la route de Naco.

— Non, on ne peut pas la vendre. Je la garde, cette beauté.

— Bonne idée. Je suis sûr que personne ne se doutera de rien. Elle n'est pas tape-à-l'œil du tout !

— Sans blague. Tu ne pouvais pas voler une autre Mercedes ou un truc comme ça ? Il fallait vraiment que tu choisisses une voiture de course ?

Je hausse les épaules.

— Je n'avais pas le choix.

Il reprend son sérieux et me jette un long regard alors que nous nous arrêtons à un stop.

— C'est vrai, Gambettes ?

Mon cœur se serre, et je refuse de le regarder.

— Tu n'avais pas dit qu'on allait chercher à manger ?

— Si. On va au drive de Burger King. Je l'ai vu en arrivant.

Je ne me souviens pas être passée devant un fast food. Je plisse les yeux.

— Comment est-ce que tu m'as suivie, au juste ?

— Une appli sur ton téléphone. Merci, au fait. De ne pas avoir désactivé la localisation.

— Ouais, j'avais besoin de la laisser, si je voulais trouver ce trou paumé. Je ne savais pas que mon harceleur avait installé un logiciel espion sur mon portable.

— Je suis venu te sauver les miches, alors tu pourrais te montrer un peu plus reconnaissante, mon cœur.

— Je ne me rappelle pas t'avoir demandé de jouer les sauveurs.

Même si en vérité, je suis folle de gratitude, là. Quand il a frappé à ma vitre, je n'avais jamais été aussi heureuse de voir un visage amical de toute ma vie.

Surtout le sien.

Il s'arrête au drive et commande quatre hamburgers et trois grandes frites. Puis il me regarde.

— Qu'est-ce que tu veux ?

Je lui donne une tape.

— Tu plaisantes ?

Il me sourit et se retourne vers le haut-parleur.

— Et un Sprite. Ça sera tout.

Alors qu'il redémarre, il dit :

— J'espère que tu as des sous.

Je pousse un petit grognement et regarde dans mon porte-feuille.

— Qu'est-ce que tu ferais, si je n'avais pas d'argent ?

— De zéro à cent kilomètres-heure en trois secondes, tu te souviens ?

J'éclate de rire.

Nous récupérons notre commande, et Bo engloutit un hamburger qu'il tient d'une main tout en conduisant. Là aussi, il suffit de trois secondes.

— Oh la vache, tu serais sans doute capable de manger les quatre à toi tout seul, m'exclamé-je en lui déballant un deuxième sandwich.

Mon téléphone bipe pour me signaler que j'ai un message, que je lis, soudain tendue.

— J'ai l'adresse.

— D'accord. On y va.

La voix de Bo est pleine d'assurance. C'est super sexy.

Il nous conduit au parking sur lequel il m'a retrouvée, puis sort du véhicule.

— Je te suis sur ma moto.

Je fais le tour pour me glisser derrière le volant.

— Tu n'es pas obligé, lui dis-je.

Il secoue la tête.

— Si tu crois que je vais te laisser aller là-bas sans renfort, tu te fous le doigt dans l'œil. Je vais te servir de gros bras.

Je me colle à lui et presse ses deux biceps alors que je blottis la tête contre son torse.

— Tu es un prince, Bo.

Il me caresse la nuque.

— Je croyais que j'étais le chevalier. Et toi la reine. Allons-y.

CHAPITRE DIX

Bo

Mes cheveux se dressent sur ma nuque dès que nous arrivons au point de rendez-vous.

Naco est déjà une ville louche, mais ce parking abandonné bat tous les records. La nuit est tombée, et il n'y a pas de lampadaires. Je n'en ai pas besoin pour voir, mais le fait que ces types aient choisi un coin sombre et désert ne me dit rien qui vaille.

Évidemment, eux non plus n'ont pas envie de se faire chopper par les flics.

Mais quelque chose me dit qu'ils comptent arnaquer Sloane.

Je laisse ma moto derrière une sorte de local en béton. Je ne sais pas ce qu'était cet endroit avant d'être abandonné. Puis je fais demi-tour et me glisse sur le siège passager de Sloane.

— Tu as un flingue ?

Elle sursaute comme si je lui avais tiré dessus.

— Bien sûr que non, répond-elle. Tu crois qu'on en aura besoin ?

Je hausse les épaules. Je ne sais pas m'en servir, de toute façon. Mais ça pourrait être bien d'en avoir un à agiter sous le nez de ces connards pour les menacer. Vu comme ma question semble l'angoisser, cependant, je regrette d'avoir dit ça.

— Nan, ça ira. Je pourrais sans doute maîtriser trois mecs à moi tout seul. Peut-être même quatre.

C'est la pure vérité, mais Sloane fronce les sourcils.

— Tu n'as pas réussi à maîtriser trois mecs, au bal.

Merde. J'avais oublié.

Comme j'essaye de la rassurer, pas de la faire paniquer encore plus, je choisis de lui dire la vérité.

— Honnêtement, Gambettes ? Je me retenais. Mon coach m'aurait tué si j'avais eu des ennuis pour m'être battu au bal d'un autre lycée. Il m'aurait carrément botté le cul.

Elle me regarde attentivement. J'entends les battements sourds de son cœur, et je me demande si j'en ai trop dit. Si elle réalise que je ne suis pas tout à fait comme les autres.

— Alors c'est pour ça que tu souriais, dit-elle d'un ton incrédule. Tu te fichais complètement de te faire frapper.

Je la prends par le bras alors que mon ouïe surdéveloppée détecte un crissement de pneus sur le gravier.

— Ils arrivent.

Nous descendons tous deux de la Corvette. J'agite mes membres comme si je me préparais à un match important.

Ou à une bagarre.

Trois types sortent d'une Cadillac Escalade blanche, et je jurerais sentir leur aura menaçante. Ils font le tour de la Corvette pour l'admirer.

Comme il se doit.

— Qui c'est, Jorge ? demande Sloane.

Elle est très douée pour ne pas laisser sa peur transparaître dans sa voix ou dans ses gestes. Elle ne ressemble pas à une lycéenne hors de son élément.

C'est une délinquante endurcie, super sexy alors qu'elle viole la loi.

— C'est moi.

Jorge ouvre la portière conducteur de la Corvette et regarde le tableau de bord.

— Où sont les clés ? demande-t-il.

— Tu auras les clés quand tu m'auras donné l'argent.

Il secoue la tête.

— Pas moyen. Il faut que je m'assure qu'elle marche.

— Elle marche. On fait affaire, oui ou non ?

Jorge s'avance tranquillement vers Sloane, mais je ne lui fais pas du tout confiance. Je me place derrière elle, les bras croisés sur la poitrine comme si j'étais son garde du corps.

Je garde un œil sur les mains du type. Elles sont détendues, le long de ses jambes.

— Les clés, pétasse. Donne-les-moi. Tout de suite.

Il plie les doigts, mais je n'ai pas le temps de l'arrêter. Il donne un coup de poing dans le ventre de Sloane.

Mon propre poing l'atteint à la tempe, et il tombe comme une mouche.

Il se relève et me pointe un flingue vers la poitrine.

— Non ! s'écrie Sloane.

Cette cinglée tente de se placer devant moi. Je la pousse, beaucoup trop fort, car je suis déjà en train de me transformer. Le bruit de son corps qui heurte le bitume m'arrache un grognement de colère. Une balle me touche au flanc.

Je serre les dents. Une autre balle m'atteint à la hanche. Mes vêtements se déchirent, et je saute sur le tireur d'un seul bond. Il lâche son arme, mais je rate sa gorge, le mordant à l'épaule. Il lève les bras pour se protéger, et nous luttons alors que je tente de l'achever.

Des cris retentissent derrière moi. Sloane hurle *Non !* à pleins poumons.

Je me retourne et vois qu'un homme est penché sur elle. Je lâche ma proie et grogne, les crocs sortis, prêt à bondir.

Mais il est trop tard. Le mec saute sur le siège de la Corvette et démarre. Il s'éloigne déjà avant d'avoir fermé sa portière.

La Cadillac blanche démarre à toute vitesse, elle aussi après s'être arrêtée pour tirer le type que j'ai mordu dans le véhicule.

En un instant, tout le monde a disparu.

Ils ont disparu et Sloane est en train de vomir sur le bitume.

Et elle vient juste de voir mon loup.

Merde.

Sloane

Bo est un loup. Ça a beau paraître complètement fou et tordu, je ne peux pas me tromper. Les vêtements qu'il portait tombent en lambeaux sur son corps de loup gigantesque. Et j'aurais reconnu la plaque militaire qui pend à son cou entre mille.

J'ai beau le connaître, je recule quand il m'approche.

Il est terrifiant. Beaucoup plus gros qu'un loup normal, avec des dents dégoulinantes de sang et des yeux argentés plissés de colère. Sa fourrure aussi est argentée, seulement tachée par les blessures des balles.

Dans un mouvement flou accompagné de craquements d'os, Bo réapparaît devant moi, accroupi, couvert de vêtements déchirés.

— Bon sang, Sloane.

Ses yeux sont toujours argentés de rage. Il me soulève dans ses bras et court vers sa moto. Il m'assoit dessus avant d'ouvrir sa sacoche et d'en sortir un jean. Quand on sait qu'on risque de se transformer en loup à tout moment, j'imagine qu'on devient prévoyant. Il se débarrasse du pantalon en lambeaux avant d'enfiler celui de rechange. Son portable, ses chaussettes et ses baskets se trouvent par terre, là où ils sont tombés. Il les ramasse et vient à peine de mettre ses chaussures quand nous entendons les sirènes.

— Fait chier, jure-t-il.

Il me jette son casque, puis démarre et fait rugir la moto sur le bitume, traversant une étendue de pelouse et un trottoir avant de nous faire émerger dans une rue secondaire.

Je m'agrippe à son tee-shirt déchiré, qui ne tient plus qu'à un fil. J'en plaque une partie contre la plaie qu'il a au flanc pour stopper l'hémorragie.

Mais apparemment, sa blessure ne le perturbe pas plus que ça.

Parce qu'il n'est pas humain !

Mon esprit passe en revue toutes nos interactions passées à la recherche d'indices qui auraient dû m'alerter sur ce... garçon ? Loup ?

Le fait qu'il vienne de *Wolf* Ridge aurait dû me mettre la puce à l'oreille.

Oh la vache... est-ce que tous les habitants de cette ville sont des loups-garous ? Et Winslow ? Est-ce pour cela que Bo le pensait en bonne santé après qu'il s'était fait tirer dessus par la police ?

Et la bagarre au lycée. C'est pour ça qu'il se contentait de rire pendant qu'on lui tapait dessus. Pour ça qu'il n'avait pas la moindre trace de l'altercation après s'être brossé les dents pour se débarrasser de son propre sang.

C'est pour ça que Wolf Ridge remporte toutes les compétitions.

Pour ça que ses yeux semblaient changer de couleur. Ils changeaient *vraiment* : ils prenaient la couleur de ses yeux de loup !

Je devrais avoir plus peur que ça. J'ai toujours le cerveau qui tourne à cent à l'heure, mais mon corps ? Mon corps est carrément partant. Bo est un loup. Un vrai loup-garou, qui se hurle à la lune.

Mes tétons pointent et je serre les cuisses autour de ses hanches. Je comprends mieux son côté sauvage au lit.

Et je comprends mieux son corps sculpté. Ses muscles étonnamment développés. Ses mouvements souples.

Et là, il est dans l'action.

Il ne s'arrête pas pour parler ou mettre au point un plan, il se contente de foncer à travers les petites rues de Naco jusqu'à atteindre la voie expresse, puis l'autoroute.

Je ne me plains pas.

J'ai mal au ventre après le coup de poing que j'ai reçu, et mon flanc est tout égratigné après que Bo m'a poussé hors de la trajectoire de la balle.

Mais rien de tout cela n'a d'importance.

Ce qui compte, c'est que je n'ai pas d'argent à donner aux sbires du mafieux demain. Ce qui signifie que ma vie est fichue.

L'espace d'un instant, j'envisage d'impliquer Bo. Pourrait-il me débarrasser de ces types ? Les tuer ?

Mais non, le mafieux est trop puissant pour un lycéen, même s'il est surhumain. Et les deux types ne sont que ses hommes de main. S'ils disparaissent, il m'en enverra d'autres. Des hommes plus redoutables, de Detroit. Pas comme ces idiots qu'il a dû embaucher pour cette mission.

Et ils ne me lâcheront pas. Pas tant que leur boss n'aura pas eu ce qu'il veut.

En plus, je ne sais pas si Bo est vraiment résistant aux balles. Si ça se trouve, il est mourant, là, et il a simplement une haute tolérance à la douleur. Je soulève son tee-shirt pour voir la plaie que je compressais, mais il ne semble plus perdre de sang.

Je pose mon doigt sur sa blessure le plus délicatement possible. Il ne grimace pas. J'appuie un peu plus. Je sens la balle logée juste sous la surface.

Du bout des doigts, je l'extrais, mi-surprise, mi-satisfaite quand elle me tombe dans la paume.

— Merci, s'écrie Bo dans le vent.

C'est la première fois qu'il parle depuis notre départ.

Je me souviens que sa deuxième blessure se trouve sous son jean, alors je glisse les doigts sous sa ceinture pour faire sortir la deuxième balle.

Oui, c'est sûr. En plus d'une force surhumaine, il a le don de guérir à vitesse grand V.

— Sloane... est-ce que ça va ?

— Oui.

Enfin, j'ai mal, mais dans l'ensemble, ça va. Pas de blessures par balle. Rien de cassé.

J'ai tant de choses à lui dire, mais avec le vent et la vitesse, c'est impossible. En plus, je sens toujours de la colère et de la tension émaner de lui.

J'ignore s'il s'agit d'un reste de la confrontation ou s'il

m'en veut. Quoi qu'il en soit, je n'ai pas envie de réveiller l'eau qui dort. Ou plutôt, le loup qui dort.

En automne, il fait toujours chaud dans l'Arizona, mais je commence à avoir froid, maintenant qu'il fait nuit et que le vent nous fouette. Je suis reconnaissante quand Bo prend la sortie de Tucson. Je ne sais pas si j'aurais supporté deux heures de plus comme ça.

CHAPITRE ONZE

Bo nous conduit dans le centre-ville et se gare à côté d'un rang de motos sur un parking situé derrière ce qui ressemble à un bar de nuit. La ville est animée. Des jeunes sont agglutinés sur la terrasse de derrière, et de la musique retentit à l'intérieur.

Nous descendons de moto, et j'enlève mon casque.

Bo s'approche de moi, ses yeux toujours argentés, tout son corps tendu et plein de colère. Il enfonce le poing dans mes cheveux et colle son visage au mien.

— Tu emporteras ça dans ta tombe, grogne-t-il.

Soudain, je comprends pourquoi il est aussi crispé. J'ai vu quelque chose que je n'étais pas censée découvrir.

— Ce que tu as vu là-bas. Tu n'en parleras à personne. Jamais. Compris ?

Bo est terrifiant, quand il me menace, mais ça m'excite. Savoir que son côté arrogant et charmeur peut se transformer en arme mortelle de quatre-vingts kilos en cas de danger réveille une partie primitive de mon cerveau. L'homme comme protecteur. Ou chasseur. Ou comme dur à cuire que l'on veut avoir à ses côtés.

— Je ne dirai rien. Je t'assure.

— Jure-le.

J'entends le grondement du loup dans sa voix.

— Je le jure.

Il me dévisage encore un instant, puis me lâche les cheveux.

— Je vais demander de l'aide là-dedans. Ne parle que si on t'adresse la parole, ou si tu es sûre que c'est ce que je veux que tu fasses. Compris ?

Compris. C'est Bo qui commande.

Ça me va.

Carrément.

Il tourne les talons et se dirige à grands pas vers l'entrée de derrière du bar. Je suis obligée de me dépêcher pour le rattraper.

— Personne n'entre par ici, grogne un videur. Faites le tour pour montrer vos cartes d'identité.

Nos cartes d'identité. Merde.

— On n'entre pas. On veut seulement parler au manager. Jared est là ? Ou Tank ?

Le videur le regarde de plus près, observe son tee-shirt déchiré et ensanglanté. Il se penche légèrement en avant et le renifle.

Bon. Sans doute un autre loup.

Je regarde l'enseigne du bar. L'Éclipse. Une référence à la lune. C'est un bar pour loups-garous.

Le videur appuie sur son oreillette.

— Jared, viens à l'arrière.

Un grand type tatoué sort du bâtiment, le regard braqué sur nous. Il examine Bo en s'approchant.

— Fenton. Le frère de Winslow, c'est ça ?

— Ouais, Bo.

Ils se serrent la main.

— Désolé, mec, mais t'as quoi, dix-sept ans ? Je ne peux pas te laisser entrer...

L'homme dilate les narines, et ses yeux se posent sur le tee-shirt taché de sang de Bo.

— Merde. Tu as des ennuis ?

— Oui. Est-ce qu'il y a un endroit où je pourrais passer la nuit le temps de guérir ?

Jared pousse un nouveau juron.

— Ouais, dit-il en ouvrant la grille pour nous rejoindre. Tu as un moyen de transport ?

— Ma moto.

— Parfait. Suivez-moi.

Nous longeons la file de motos garées, et Jared en enfourche une. J'enfile de nouveau le casque et grimpe derrière Bo.

Après un court trajet, moins de deux kilomètres, nous nous garons devant un haut immeuble. Jared nous fait entrer et nous montons dans un ascenseur en direction du quatrième étage. Une fois arrivés, Jared nous ouvre un appartement. Il est meublé, mais ne contient pas d'objets personnels.

— Celui-ci est vide. Il n'y a rien à manger, mais vous pouvez commander quelque chose.

— Merci. Vous pouvez me rendre un autre service ?

Jared plisse les yeux.

— Quoi donc ?

— Ne prévenez pas le maire tout de suite.

Jared me coule un regard, comme s'il voulait déterminer si j'étais au courant de leur existence.

— Je ne bosse pas pour le maire. Mais mon, euh, mon patron doit être informé de ce qui se passe. Vous devrez lui parler. Demain matin. Vous n'avez pas intérêt à partir d'ici avant. Compris ? Tu me donnes ta parole ?

Bo déglutit et hoche la tête.

— Oui.

— Très bien. Tu as besoin d'autre chose ?

Ses yeux se posent à nouveau sur moi, et ses narines se dilatent comme s'il me reniflait.

— Elle est blessée ?

— Oui, répond Bo. Je vais m'occuper d'elle.

— Avec quoi, mec ? Attends.

Jared quitte l'appartement et revient quelques minutes plus tard avec une trousse de secours.

— Tiens. Tu devrais trouver ce qu'il te faut.

— Merci, Jared. C'est vraiment sympa.

Bo lui tend de nouveau la main, mais cette fois, ils plaquent leurs avant-bras l'un à l'autre.

— Content de donner un coup de main. Il faut que je retourne au bar, mais je te vois demain.

Il lâche le bras de Bo et pointe un doigt sous son nez.

— Sérieusement, mec, si tu te barres avant d'avoir parlé à Garrett, t'es foutu. Pigé ?

— Je ne partirai pas.

— Donne-moi ton téléphone.

Jared s'envoie un message, à en croire la sonnerie qui retentit dans sa poche.

— Voilà. Maintenant, tu as mon numéro, toi aussi.

— Merci encore.

Quand Jared s'en va, une partie de la tension s'envole des épaules de Bo, mais son visage est toujours crispé.

— Assieds-toi, m'ordonne-t-il en me montrant une chaise dans la cuisine.

Cette fois encore, sa brusquerie m'excite plus qu'elle ne

m'énerve. J'obéis ; et il pose la trousse de secours sur la table pour l'ouvrir. Il examine son contenu comme s'il n'avait encore jamais rien vu de tel.

Mais c'est sans doute le cas.

— De l'ibuprofène, ça fera l'affaire, dis-je en sortant un tube de la trousse.

Bo ouvre le frigo et en sort une cannette de Sprite, qu'il décapsule et me tend.

— Je sens une odeur de sang, dit-il.

— C'est sans doute le tien.

Il me soulève mon tee-shirt et pousse un juron en voyant mon épaule et mon bras. Je grimace, moi aussi, car je suis bien amochée.

— Bon sang, Sloane, s'exclame-t-il en tapant du poing sur la table, faisant tressauter la trousse de secours. C'est moi qui t'ai fait ça.

Mon cœur se met à battre à toute allure face à son agressivité, mais je lui réponds d'un ton insolent :

— Tu as pris deux balles pour moi, Bo. Je crois qu'on est quitte.

Il fouille dans la trousse et en sort des lingettes désinfectantes.

— Je vais le faire, dis-je.

Je tente de les lui prendre des mains, mais il les tient hors de ma portée.

— Non, c'est moi qui m'en occupe, putain.

Il déchire l'emballage et tapote mes égratignures avec application.

— Bon sang, Bo, pourquoi tu es si en colère ?

Ses mâchoires se contractent.

— Je ne suis pas *en colère*. Je suis...

Soudain, je réalise que son émotion, c'est de la peur. Il est en mode guerrier, prêt à achever nos ennemis s'ils revenaient. Mais il est peut-être tout aussi disposé à m'achever moi pour me punir de l'avoir impliqué là-dedans.

— Tu aurais pu mourir, là-bas, bredouille-t-il. Et n'essaye plus jamais de te prendre une balle à ma place. C'était complètement con !

Il doit réaliser que je suis choquée, car il secoue la tête et fait un pas en arrière.

— Désolé. Je ne te traite pas de conne. Mais tu m'as fait super peur. Et... je suis dans la merde jusqu'au cou, là. Je viens de violer deux règles de la meute, et j'ai peut-être tué un homme. Ma mère risque de perdre ses deux fils à cause de tes putains de vols de voiture.

J'ai envie de lui hurler que je ne lui ai pas demandé de m'accompagner, mais les mots n'arrivent pas à sortir. Mon visage s'empourpre, et les larmes me montent aux yeux. Bon sang. J'ai réussi à tout contenir pendant ce trimestre au lycée, et tous les élèves n'y ont vu que du feu, mais avec Bo, je suis incapable de cacher quoi que ce soit.

Dès qu'il voit que je pleure, il se retourne et donne un coup de poing dans le mur.

— *Merde !*

— Je suis désolée, parviens-je à dire malgré ma gorge serrée.

— Non, répond-il en se retournant. Non, non, non. C'est moi le connard. C'est moi qui suis désolé.

Il se passe une main sur le visage et ajoute :

— Je n'arrive pas à me reprendre. Mes yeux sont toujours argentés ?

— Oui, un peu.

Ils sont mi-bleu, mi-argent.

— Mon instinct de tueur était... tellement fort. J'aurais pu tous les tuer.

Il prend une inspiration mesurée par le nez et la retient un moment avant de souffler.

— C'était la première fois que je ressentais ça, ajoute-t-il.

Je le regarde d'un air hébété. J'ai un million de questions à lui poser, mais je sais qu'il n'est pas d'humeur. Alors je lui dévoile ma vulnérabilité. La vérité.

— Tu m'excites vachement, là.

Ses yeux prennent de nouveau une lueur purement argentée, et un grognement lui monte dans la gorge.

— Oh, mon cœur. Ne me dis pas des choses comme ça quand je suis dans cet état. Je te baiserai sans hésiter. Et ça ne sera pas doux.

Mon sexe se contracte d'excitation. Nos regards se croisent. Je me laisse lentement glisser de ma chaise et tombe à genoux devant lui.

Il grogne et serre son membre à travers son jean.

— Tu fais une erreur, m'avertit-il.

Mais il déboutonne déjà son pantalon. Il libère déjà son sexe impressionnant.

Il bande déjà pour moi.

Bo

Oh putain. Je ne devrais pas faire ça.

Pas avec mon loup aussi proche de la surface. Pas quand l'agressivité m'envahit toujours. Pas quand j'attends des réponses de la part de Sloane concernant ce qui la pousse à se mettre dans des merdiers pareils.

Mais sa main se referme sur mon membre, et elle ouvre sa

jolie bouche pour m'avaler. Impossible de l'arrêter maintenant.

Je suis en pleine extase dès l'instant où sa langue mouillée touche le bout de mon gland. Je frémis alors que mes bourses remontent et mes jambes tremblent. Elle lève les yeux vers moi et soutient mon regard alors qu'elle fait tourner sa langue autour de mon sexe.

Je ne peux pas la laisser me titiller plus longtemps. Je lui prends la tête et la pousse contre mon membre. Elle a un léger haut-le-cœur, mais c'est trop bon.

Je l'avais prévenue. Je glisse les doigts dans ses cheveux et m'en sers pour contrôler ses mouvements, la poussant contre moi avant de la relâcher, encore et encore, déjà proche de l'orgasme.

La pièce se met à tourner. Je halète. Une pellicule de sueur me couvre la peau. Mes canines sortent et quelque chose de sucré m'emplit la bouche. *Oh la vache ! Mon loup veut la marquer !*

C'est insensé. L'instinct d'accouplement n'est censé se produire qu'en une seule occasion, en présence de la louve avec laquelle on est destiné à passer sa vie. Sloane n'est même pas métamorphe. Mais je ne peux nier le lien qu'il y a entre nous depuis le début. Même quand je la détestais et que je voulais qu'elle disparaisse du garage et de nos vies, elle m'attirait comme un aimant.

Je prends de petites inspirations pour essayer de repousser mon loup sous la surface. Je ne peux pas la marquer. C'est de la folie. Mais sa bouche est si chaude. Si délicieuse. Je suis sur le point d'exploser.

Et je ne veux pas jouir dans sa bouche. Ce soir, je veux tout. Non, j'en ai besoin.

Parce que c'est à cause d'elle que je suis là. À cause

d'elle que j'ai perdu le contrôle en voulant la sauver. À cause d'elle que j'ai foutu ma vie en l'air. Et en cet instant, je me dis que la baiser sauvagement compenserait tout ça.

Avec un effort surhumain, je parviens à lui lâcher les cheveux et à me retirer.

— Debout, ordonné-je d'une voix grave et rauque.

Je la prends par le coude pour l'aider à se relever.

Les flammes du désir me consument déjà. J'ai du mal à parler.

— À poil.

Je vois ma propre excitation reflétée dans son regard alors qu'elle recule, me menant vers la chambre alors qu'elle dégrafe son soutien-gorge.

Un grondement sourd retentit dans la pièce, et je réalise qu'il émane de moi. Je parcours rapidement la distance qui nous sépare et je l'attrape par la taille, avant de la jeter sur le lit grâce à ma force de métamorphe.

Elle déboutonne son pantalon et je l'aide à s'en défaire, le jetant par terre avant de lui déchirer sa culotte.

Je plonge entre ses cuisses et savoure sa chatte juteuse. Je suis déchaîné. Il ne s'agit pas de préliminaires, je veux la mener droit au but, et elle jouit en moins de soixante secondes. Je ne m'arrête pas pour autant.

Je la retourne et la mets à quatre pattes pour lui donner une fessée ; sans doute trop forte. J'alterne les claques entre sa fesse gauche et sa fesse droite jusqu'à ce qu'elle se tortille en haletant. Je continue jusqu'à ce que sa peau garde l'empreinte de ma main, d'une jolie teinte rose, puis je lui écarte les fesses et la lèche du clitoris à l'anus, encore et encore. Je lui donne quelques tapes de plus.

— Aïe, Bo, pourquoi tu fais ça ?

Elle est à bout de souffle, et sa voix est un peu étranglée.

— C'est ta punition, mon cœur.

— Pour quoi ?

— Pour m'avoir poussé à craquer pour toi.

Je lui donne une autre tape, même si je sais qu'elle a eu sa dose.

— Pour être si belle.

Encore une tape.

— Et intelligente. Et fascinante.

Je caresse ses fesses roses.

— Pour m'avoir captivé.

Et pour m'avoir donné envie de te marquer alors que tu es humaine.

— Moi non plus, je ne voulais pas craquer pour toi, dit-elle.

Merde. Est-ce qu'elle pleure ?

Mon loup se fige, son agressivité immédiatement étouffée. Je la plaque au matelas et la retourne pour pouvoir l'embrasser passionnément. Son corps souple ondule sous le mien. Nos lèvres se tordent, nos langues s'affrontent. Quand je reprends mon souffle, elle a la bouche gonflée, le regard flou.

Je pose la main sur sa gorge, sans serrer.

— Je vais te baiser comme un fou, et ensuite, tu me raconteras tout.

Elle cesse de respirer, et son regard retrouve sa clarté. Son froncement de sourcils inquiet réapparaît.

— Tu connais mes secrets, lui rappelé-je. Tu me dois les tiens.

Je n'attends pas qu'elle acquiesce. Je sors un préservatif et l'enfile. Puis j'hésite alors que je tente de maîtriser la brusquerie de mon loup. Que je m'assure de ne pas avoir mal interprété ses envies.

— À poil, me dit-elle en imitant l'ordre que je lui ai donné plus tôt.

Oui. La satisfaction m'envahit. Elle en a autant envie que moi.

Avec un sourire, je me débarrasse de mon tee-shirt, de mon jean et de mon boxer.

— Maintenant, tu vas avoir des ennuis, lui dis-je en rampant sur elle.

— Donne tout ce que tu as, grand méchant loup.

Je frotte mon gland à son entrée mouillée et pousse légèrement. Elle est toujours super serrée. Savoir que je suis le seul à l'avoir pénétrée me fait un effet dingue.

Je perds de nouveau tout contrôle et m'enfonce d'un seul coup, l'emplissant pleinement. Elle halète et s'agrippe à mes bras.

Je secoue la tête et m'oblige à rester immobile.

— Ça va ?

Elle se cambre sous mon corps.

— Je t'ai dit de tout me donner.

Avec un grognement, je lui donne un nouveau coup de reins et enchaîne les va-et-vient, perdant un peu plus la tête à chaque mouvement.

Elle m'accueille en elle en me regardant d'un air langoureux, et lève le bassin pour aller à ma rencontre. Quand elle passe les chevilles derrière mon dos, je jouis presque sur-le-champ, mais je pousse un rugissement et m'enfonce avec plus de force.

Alors, je perds tout contrôle. J'aimerais que ça ne se termine jamais, mais il est déjà trop tard. Un courant électrique me parcourt l'échine, et mes bourses se contractent.

JE JOUIS. Fort. Tellement fort que je perds la vue un instant et que mes canines sortent comme si mon loup était prêt à la marquer. Ce qui n'a aucun sens, car elle est humaine.

Je détourne la tête et continue de me hisser sur mes bras tandis que je vais et viens pour accompagner mon orgasme.

Merde. J'ai oublié son plaisir. Je colle mon pouce à son clitoris et la caresse. Dieu merci, elle jouit immédiatement, et son sexe se contracte sur le mien, m'envoyant une nouvelle vague de plaisir.

J'attends de retrouver la vue avant de m'écrouler sur elle pour l'embrasser.

— Sloane, dis-je d'une voix rocailleuse.

Je n'ai rien à dire. Je me contente de prononcer son nom comme s'il s'agissait d'une invocation. D'une célébration.

Je l'embrasse encore tout en bougeant lentement en elle, évacuant le reste de mon orgasme alors qu'elle frissonne et devient toute molle sous mon corps.

Je ne veux jamais arrêter de la baiser et de l'embrasser. Je pourrais faire ça toute la nuit, mais nous avons des choses à nous dire.

Nous sommes dans la merde.

Alors je prends sur moi et me retire, avant de me lever pour jeter le préservatif dans les toilettes.

Le seul bon point de cette soirée désastreuse, c'est que nous avons un endroit rien qu'à nous pour la nuit, et ça, c'est génial.

Bien sûr, ma mère et sa tante ne seraient sans doute pas du même avis, si elles le savaient.

Quand je regagne la chambre, je sors mon téléphone de mon jean et envoie un texto à ma mère :

Je passe la nuit à Tucson avec la meute de Garrett. Je cherche toujours Winslow. Bisous.

Elle me répond :

Arrête de le chercher. J'ai besoin de toi à la maison.

Je pousse un grognement et me passe violemment la main dans les cheveux.

Je rentre demain. Désolé, maman.

Je t'aime, Bo. Sois prudent. Envoie-moi un message quand tu quittes Tucson.

Je lui envoie un pouce levé et me mets au lit avec Sloane, qui est toujours aussi molle qu'une poupée de chiffon.

Je lui grimpe dessus et glisse les doigts dans ses cheveux.

— J'ai été brusque ?

Elle me regarde et cille.

— Tu es toujours brusque, mais maintenant, je sais pourquoi. Et je trouve ça plutôt sexy.

Je n'étais pas prêt pour la sensation que ses mots éveillent en moi. Déjà, je n'ai pas l'habitude de la voix douce et intime qu'elle emploie avec moi. Ni de la façon dont elle me regarde, d'un air ouvert et plein de confiance. Mais entendre le désir dans sa voix, son approbation, pousse mon loup à rouler des mécaniques.

Mais elle n'est pas censée connaître mon secret. C'est le règlement de la meute. Elle risque de se faire effacer la mémoire par une sangsue. Et je sais qu'il y en a plein, à Tucson. Garrett, le chef de la meute de Tucson et fils de notre alpha, a une alliance ténue avec eux, mais beaucoup de loups n'aiment pas la place qu'ont prise les vampires.

Je m'assois sur mes talons et passe ma main sur ma barbe mal rasée. Il est minuit, alors elle commence à bien pousser.

— Tu m'as donné ta parole, pour cette histoire de loup, lui rappelé-je.

— J'emporterai ça dans ma tombe.

— Je ne répondrai pas à tes questions à ce sujet. Moins tu en sais, mieux c'est. Compris ?

À son soupir déçu, je sais que ça ne lui plaît pas, mais elle hoche la tête.

— Maintenant, crache le morceau, ordonné-je.

Elle roule sur le côté et s'assoit au bord du lit.

Elle gagne du temps.

Elle ramasse sa culotte par terre et l'enfile. Elle s'arme de ses vêtements pour m'affronter.

— Sloane.

Elle se tourne vers moi et me regarde avec ses superbes yeux cuivrés.

— Ne te rhabille pas. Viens là.

Je soulève les draps pour lui offrir un abri si elle a froid.

Mais notre moment d'intimité et de confiance s'est envolé. Elle ne prête pas attention à ma demande et va mettre son tee-shirt dans la cuisine. Elle revient avec, mais elle n'a pas mis de soutien-gorge dessous.

— À quoi te sert cet argent ? insisté-je.

Avec un soupir, elle regagne le lit et se glisse sous les draps, mais elle refuse de croiser mon regard.

J'ai beaucoup réfléchi, depuis qu'elle m'a parlé de son père et de la raison pour laquelle elle est venue s'installer dans l'Arizona. J'ai même fait des recherches sur Google et lu quelques articles sur l'arrestation et la mort de son père.

— L'un des associés de mon père...

Mon attention est au garde-à-vous. Je suis sûr que ce qu'elle s'apprête à m'annoncer ne sera pas agréable.

Elle déglutit et reprend :

— Je crois qu'il fait partie de la mafia. Mon père avait des liens avec ses affaires, j'imagine. Je ne sais pas. Son nom n'est jamais apparu au procès. Il est venu me voir juste après la mort de mon père en prison pour me demander sa part. Il semble croire que mon père a réussi à cacher certains objets au FBI et que je sais où ils se trouvent. Ils m'ont menacée de me tuer ou de me vendre, alors j'ai menti. J'ai dit que j'avais des cartons pleins d'affaires de mon père et que je trouverai ce qu'ils cherchaient, mais c'était n'importe quoi. Ces cartons ne contenaient que ses vêtements, et j'en ai fait don. J'ai aussi jeté toutes les lettres que mon père m'envoyait de prison sans les lire. Ce type m'a dit qu'il partait quelques mois en Sicile et qu'il voulait que je trouve ce qu'il cherchait avant son retour. Je ne sais pas combien de temps il me reste. Mais en attendant, ses hommes de main viennent me mettre la pression toutes les semaines. Alors je vole des voitures et j'économise l'argent, en espérant pouvoir en donner assez à ce type pour qu'il me lâche à son retour. Ou sinon, pour m'enfuir.

Sa voix se brise, et je tends les bras vers elle, certain qu'elle me repoussera. Elle me laisse l'étreindre, cependant. Je m'allonge à côté d'elle et la serre contre moi. Elle se blottit contre mon torse. L'odeur de ses larmes a un effet inattendu sur moi. Il me déchire la poitrine. Donne envie de hurler à mon loup.

— C'est n'importe quoi, Sloane. Si tu n'as pas ce qu'ils cherchent, tu n'y peux rien.

— Je sais, mais ils doivent se dire qu'en me mettant la pression, je finirai par les trouver, comme par magie. La dernière fois que je leur ai parlé, ils ont menacé de vendre ma cousine Rikki.

Une colère noire se mêle à la peur glacée qui m'envahit, et j'en ai la chair de poule.

— Je vais les buter, grogné-je.

Je suis sincère. Ce que j'ai fait au voleur de voitures il y a quelques heures m'a horrifié, mais là, je serais prêt à tuer pour Sloane. Encore et encore jusqu'à ce que plus aucune menace ne pèse sur elle.

Elle tente de se redresser.

— Non. Ces types sont très dangereux. Et il y a sans doute tout un réseau derrière. Leur chef se contenterait de m'envoyer quelqu'un d'autre.

Je garde le silence alors que je tente de trouver une solution à son problème.

— Combien tu leur dois, d'après eux ?

— Il dit que mon père avait six lingots d'or de la taille d'un iPhone et une petite peinture d'oiseau. Je ne sais pas dans quoi mon père et ces types trempaient ou pourquoi ils pensent que j'ai ces objets. C'est complètement dingue.

Je l'étreins avec plus de force. Je n'arrive pas à croire qu'elle ait traversé ces épreuves toute seule.

— Alors j'essaye de trouver le plus d'argent possible, poursuit-elle. Au début, j'ai vendu les quelques affaires de valeur que je possédais : des boucles d'oreilles en diamant que mon père m'a offertes pour mes seize ans. L'alliance de ma mère. Et puis j'ai fini par me dire que voler des voitures était le moyen le plus simple d'obtenir de l'argent rapidement. Mais le temps commence à manquer, et j'ai perdu les deux derniers véhicules.

Sa voix se serre à nouveau.

Je pousse un juron, car je ne vois pas comment trouver une telle somme aussi vite.

— Qu'est-ce qui se passera si tu préviens la police ?

— Ils tueront ma tante et ma cousine. Ou ils les vendront à des malades qui s'en serviront comme esclaves sexuelles.

Bande de salauds.

— Bon... on va trouver une solution.

— On ? Non, il n'y a pas de on qui tienne. Je ne veux pas t'impliquer. Ils menacent tous mes proches. C'est pour ça que je ne peux sortir avec personne. C'est dangereux.

Je prends sa main et la pose sur mon torse, là où la balle m'a percuté quelques heures plus tôt.

— Tu sens ça, Gambettes ? Voilà ce que me font les balles. Pas grand-chose. Je n'ai pas peur. Et je ne les laisserai pas te maltraiter comme ça.

Malgré mes paroles rassurantes, Sloane est de plus en

plus tendue, et je perçois un léger tremblement dans ses membres.

Eh merde. Mon loup grogne à l'intérieur de moi, furieux à l'idée que quiconque la fasse trembler de peur.

Je la serre contre moi.

— Tout va bien. On va trouver quelque chose. Je te le promets.

— Je ne veux pas de tes promesses, Bo. Ce n'est pas ton combat.

— Ce n'est pas non plus le tien ! C'est ça qui n'a aucun sens. Je ne comprends pas pourquoi ils te mettent la pression. Ils croient vraiment une lycéenne capable de leur trouver autant de fric ? Enfin, si cette histoire d'esclave sexuelle était vraie, pourquoi ne pas le faire dès le départ ?

— Parce qu'ils ont l'air de croire que j'ai des fonds cachés quelque part. Et évidemment, ce n'est pas le cas. Le FBI a tout saisi quand ils ont perquisitionné la maison. Tout ce que j'ai apporté dans l'Arizona, c'est ce qu'il y avait dans ma chambre : mes vêtements et mes effets personnels. Ils ont saisi ma voiture, celle de mon père, la maison et tous ses comptes en banque. Tout.

— Combien de temps il te reste ?

— Je ne sais pas. Pas beaucoup. Ça peut me tomber dessus d'un jour à l'autre.

— D'accord. On va trouver une solution.

Sloane ravale ses larmes alors qu'elle me passe les bras autour du cou et me serre un peu trop fort. Son souffle fait trembloter son ventre contre mon corps.

— Merci, parvient-elle à dire.

— Ça ira, ma belle. Je te le promets. Tout va s'arranger.

Mais j'ignore comment tenir parole. Je l'enlace et la berce doucement jusqu'à ce qu'elle se fatigue et s'allonge.

J'éteins la lumière et écoute le son de sa respiration alors qu'elle tombe dans un sommeil agité.

Réfléchis, Bo. Il y a forcément un moyen de tirer Sloane de ses problèmes.

Je lui ai promis de trouver une solution, et je compte bien tenir parole.

CHAPITRE DOUZE

Sloane

Je me réveille pleine de courbatures et de gratitude pour le garçon allongé à côté de moi.

Il veut être mon chevalier servant.

Et j'ai envie de le laisser faire.

Très envie.

Mais je ne peux pas.

Je ne peux pas le laisser risquer sa vie pour moi.

Il compte trop à mes yeux.

Ma mère risque de perdre ses deux fils. Par ma faute. Je ne peux pas permettre que ça arrive.

Dès que Bo m'aura ramenée à Cave Hills, nos chemins se sépareront. Ça vaut mieux.

À moins que... Je devrais peut-être voler une autre voiture tout de suite. Au moins, je ne me pointerais pas au rendez-vous les mains vides. Ils m'ont dit qu'ils n'accepteraient pas de véhicules volés comme paiement, mais on ne sait jamais. Ils ont peut-être des contacts capables de maquiller des voitures. Et au moins, ça leur prouverait ma bonne volonté.

Je me faufile hors du lit.

Et sa voix rocailleuse m'accueille immédiatement.

— T'as faim ?

Merde. Soit il a une ouïe hors du commun, soit il n'a pas besoin de dormir. J'ai très envie de l'interroger sur cette histoire de loup, mais il m'a dit que c'était hors de question.

Mon estomac gargouille à ses mots.

— Oui, réponds-je.

— Je meurs de faim. Allons chercher un petit-déjeuner.

Il se lève et enfile son jean, délaissant son boxer déchiré.

— Qu'est-ce que tu vas faire pour ton tee-shirt ? demandé-je en mettant mon propre jean.

— Merde. Je ne sais pas. Il y a peut-être quelque chose là-dedans.

Il ouvre un placard, mais mis à part quelques oreillers et draps de rechange, il est vide.

Quelqu'un frappe à la porte, qui s'ouvre avant que Bo l'atteigne. Jared et deux grands types entrent dans l'appartement. Ils sont tous couverts de tatouages et de cuir, comme une bande de bikers redoutables.

Je me demande si tous les gangs de motards sont composés de loups-garous.

Le plus petit des trois – qui est pourtant gigantesque – a un sachet de donuts et une bouteille de lait dans les mains.

— Vous avez faim, les jeunes ?

— Oui, on comptait justement sortir manger. Merci, répond Bo.

Jared lui lance un tee-shirt.

— On avait peur que vous vous tiriez sans dire au revoir, alors on s'est dit qu'on prendrait les devants.

— Non, Monsieur, dit Bo en s'adressant au plus grand des trois types, pas à Jared. Je vous présente ma petite amie,

Sloane. Sloane, voici Garrett et Trey. Ils viennent tous de ma ville d'origine.

C'est sans doute un code pour *ce sont tous des loups*, ou *ils viennent tous de ma meute*, mais ils ne savent pas que je suis au courant, alors je leur serre poliment la main.

— Enchantée de vous rencontrer.

Trey pose ses donuts sur la table de la cuisine, et Bo et moi nous jetons dessus.

— Alors, que s'est-il passé hier soit ? demande Garrett.

Il tire une chaise et s'assoit dessus. Les deux autres hommes l'imitent et comme il n'y a que trois chaises, Bo et moi restons debout.

Comme au tribunal.

Et c'est peut-être notre procès.

Bo sort cinq verres et les remplit de lait.

— Sloane a des ennuis. C'est personnel, et je ne pense pas qu'il soit nécessaire que vous connaissiez les détails.

Je pousse un soupir de soulagement.

— Les mêmes ennuis que ceux de Winston ? s'enquiert Garrett.

Je me raidis.

Bo entame son troisième donut et répond :

— C'est lié, oui. Vous êtes au courant des problèmes de mon frère ?

— Quand un membre de notre ancienne meu... euh, communauté se fait tirer dessus par les flics, on en entend parler, dit Trey.

Garrett regarde Bo, les yeux plissés.

— Tu étais impliqué dans ces vols de voitures ?

Bo se tient bien droit.

— Non, Monsieur. Enfin, pas avant hier soir.

Garrett s'enfonce dans sa chaise et pose une cheville sur un genou épais.

— D'accord.

— Comme je vous l'ai dit, Sloane a des problèmes personnels dont elle n'est pas responsable. Elle a besoin de beaucoup d'argent, et vite. C'est pour ça qu'elle s'est retrouvée dans ce trafic. Hier soir, elle a essayé de vendre une voiture à des connards près de la frontière, et au lieu de la payer, ils l'ont volée. Ils ont essayé de nous tuer, mais, euh, on s'en est tiré.

Garrett le dévisage longuement, puis me jette un regard. Je suis sûre qu'il essaye de déterminer si je suis au courant qu'ils se changent en loup.

— Comment est-ce que vous vous en êtes tirés ? demande l'homme.

Bo passe d'un pied à l'autre, mal à l'aise.

— Si tu me mens, je te botterai le cul, l'avertit Garrett.

Bo se frotte le nez. Les deux autres hommes n'arrêtent pas de nous jeter des regards.

— Allez. C'est plus facile de tout m'avouer que de le faire devant mon père, alors crache le morceau.

— Quand ils m'ont tiré dessus, je me suis transformé.

Transformé. C'est le terme qu'ils utilisent.

Bo parle à voix basse, comme s'il avouait une bêtise. Il m'a dit qu'il avait violé deux règles de la meute. J'imagine que révéler sa véritable nature doit en faire partie.

— Ils étaient trois, poursuit-il. J'ai blessé l'un d'entre eux, mais je ne pense pas que ce soit fatal. En tout cas, il était vivant quand on est partis.

— *Putain*, lâche Garrett.

Bo se passe la main dans les cheveux.

— Qu'est-ce que vous vouliez que je fasse, bon sang ?

Il baisse les yeux et ajoute :

— … Monsieur.

— Tu as fait ce qu'on aurait tous fait dans la même situation. Tu n'aurais jamais dû te retrouver dans une telle posture, mais ça, je pense que tu en es déjà conscient.

Garrett prend l'un des derniers donuts et en fourre la moitié dans sa bouche.

— Et l'argent ? demande Trey.

Bo secoue la tête.

— Ils sont repartis avec la voiture et le fric. Enfin, s'ils en avaient avec eux.

— Alors tu as toujours des ennuis.

Cette fois, l'homme s'est adressé directement à moi. Je me redresse et hoche la tête. Il est rare que je me sente hors de mon élément, et quand ça arrive, je suis douée pour donner le change, mais ces types m'intimident. Sans doute parce que je sais qu'ils ne sont pas humains. Je ne connais pas leurs codes.

Trey joue avec le piercing qu'il a à la lèvre.

— Il y a un combat à deux heures, dit-il d'un air songeur.

Je ne sais pas à quoi il fait référence, mais les autres types se tournent brusquement vers lui.

— Pas question, intervient Jared. Tu ne peux pas faire participer un lycéen à un combat. Le coach Jamison viendra nous casser la gueule, si l'alpha ne le fait pas d'abord.

— Tu as quel âge ? demande Trey à Bo sans prêter attention à son ami.

— Dix-huit ans.

Trey hausse les épaules.

— C'est un adulte. Il peut décider par lui-même.

Il se tourne vers Bo et ajoute :

— Tu veux te battre ? Si tu gagnes, tu toucheras au moins dix mille dollars, peut-être même plus, en fonction des paris.

— Tu crois qu'il peut gagner ? demande Garrett d'un air dubitatif.

— C'est justement parce qu'il n'a pas atteint sa taille

maximum que je le pense capable de remporter la victoire. Il est toujours vif. Léger.

Il se tourne vers Bo et lui explique :

— J'ai un connard de métamorphe félin qui veut se battre. Les gens parieront sur lui, à cause de son âge et de sa taille.

— Il te suffit de le mettre K.O, lui dit Jared.

— Ça marche, répond Bo en faisant rouler ses épaules comme un dur à cuire.

— Je... je ne sais pas, interviens-je. Je ne veux pas que tu te mettes en danger pour...

Bo lève la main.

— Il n'y a pas de danger.

Il remonte son tee-shirt pour me montrer l'endroit où il s'est fait tirer dessus hier soir. Il est complètement guéri. Il reste à peine une marque.

Je secoue la tête.

— Quand même, ça ne me plaît pas.

C'est la vérité. Mais ça m'excite qu'il soit prêt à se jeter dans l'arène pour moi. Oui, ça m'excite *énormément*.

Garrett se lève, et les deux autres l'imitent.

— Sors un moment avec moi, Bo, ordonne-t-il.

Mon chevalier servant me jette un regard alors qu'il emboîte le pas aux trois hommes et ferme ma porte derrière eux.

Je reste hébétée un moment.

Puis je cours coller mon oreille à la porte.

Bo

Je suis Garrett dans le couloir en enjoignant les battements de mon cœur à se calmer. Quand on se laisse dominer par sa peur, n'importe quel alpha est capable de le sentir.

Putain.

— Bon, dit Garrett en croisant les bras sur son torse large. Qu'est-ce que tu comptes faire, pour la fille ?

Je savais qu'il allait me parler de Sloane, même si j'espérais pouvoir retarder l'inévitable.

— Elle m'a juré qu'elle emporterait notre secret dans la tombe, réponds-je à toute vitesse, comme si la promesse d'une humaine avait la moindre valeur à leurs yeux.

Garrett secoue lentement la tête.

— Tu sais bien que ça ne suffit pas.

J'ai envie d'argumenter. Garrett est accouplé à une humaine. Trey et Jared aussi, d'ailleurs. Garrett n'est pas du même acabit que son père, même s'il est assez alpha pour diriger sa propre meute. Lui et ses amis sont des rebelles. Ils ont été chassés de la meute alors qu'ils étaient à peine plus âgés que moi, et ils font les choses à leur façon, ici.

Mais il ne me laissera pas m'en tirer comme ça pour autant.

Nos règles existent pour éviter aux métamorphes d'être découverts. Si les humains découvraient notre existence, ils nous pourchasseraient et nous extermineraient comme des monstres.

Je me creuse la cervelle pour essayer de trouver quelque chose à dire, n'importe quoi pour éviter à Sloane de subir le destin qu'ils estiment sans doute nécessaire.

— Efface-lui la mémoire ce soir. Ça ne fait que vingt-quatre heures. L'effet ne devrait pas être trop grave. Je t'enverrai le numéro d'un type capable de faire ça.

Je secoue la tête.

— Il faut qu'on soit rentrés à Phoenix avec l'argent avant ce soir.

Le regard dur de Garrett me cloue sur place.

— Alors, ramène-la ici après. Tu connais les règles. T'as pas intérêt à merder.

Bon sang. Fait chier. Putain.

Je tourne les talons pour regagner l'appartement sans qu'il me congédie, mais il me plaque contre la porte, la main autour de ma gorge.

— Je veux t'entendre dire *oui, Monsieur.*

Eh merde. Je n'ai aucune envie de promettre de laisser un vampire effacer les souvenirs de Sloane. Ce n'est pas sans conséquence, et elle ne mérite pas ça. Mais c'est un ordre direct, et je ne vois pas quoi dire d'autre.

— Oui, Monsieur, réponds-je d'une voix étranglée.

Il me lâche.

— Bien.

Il sort quelques billets de sa poche et me les tend.

— Tiens, si tu as besoin d'argent avant le combat.

C'est un bon alpha, qui se soucie du bien-être des membres de sa meute. Je ne suis pas du genre à refuser du fric, alors je prends les billets de vingt et les fourre dans ma poche.

— Merci, Garrett.

Il grogne, et les trois hommes commencent à descendre l'escalier.

— Garrett ?

Il se retourne.

— Est-ce que vous allez en parler à votre père ?

Il secoue la tête.

— Mon territoire, mon problème. À toi de voir ce que tu décides de dire à ton alpha.

— Merci.

Je les regarde s'éloigner, avec l'impression qu'un poids me pèse sur la poitrine.

Je n'en veux pas à Garrett de faire ce que tout alpha est censé faire pour assurer la sécurité de notre espèce, mais bon sang.

Effacer la mémoire de Sloane serait une énorme trahison. Devrais-je lui dire ce qui va se passer, pour minimiser tout ça ?

Mais quel serait l'intérêt, puisque cette conversation aussi serait effacée ?

Merde !

J'appuie sur la poignée et entre dans l'appartement. La douche est en route dans la salle de bains. L'espace d'un instant, j'envisage de rejoindre Sloane pour l'Acte II de nos ébats sous la douche, mais la culpabilité m'étouffe comme une plante grimpante. Je décide plutôt d'aller acheter des brosses à dents et un rasoir.

Et peut-être un café ou un soda.

Et un chargeur pour éviter que nos téléphones s'éteignent.

Je laisse un petit mot à Sloane et me dirige vers l'ascenseur.

Je n'arrive pas à penser à autre chose qu'à la perspective d'effacer ses souvenirs. D'abord, il faut que je gagne mon combat contre l'autre métamorphe. Ensuite, elle ira donner mes gains à ces connards de mafieux. Je pourrai toujours réfléchir à la suite après ça.

Faire l'autruche est une excellente stratégie, c'est bien connu...

~

Sloane

Je me lave les dents avec la brosse que m'a apportée Bo, tout en faisant comme si de rien n'était. Comme si je n'étais pas en panique totale à propos de tout.

Le combat.

L'argent.

La mafia.

Ma mémoire, sur le point d'être effacée.

Car j'ai entendu ce que Garrett a dit à Bo. *Efface-lui la mémoire ce soir.*

Je ne sais pas comment ça marche, mais je sais que ce n'est pas ce que je veux. J'ai été bien bête de faire confiance à quelqu'un. Personne ne m'a jamais aidée. J'ai toujours été seule, et je le resterai.

Je n'en veux pas à Bo. J'ai vu à quel point il était crispé, après la révélation de son secret. Je ne suis pas censée être au courant. Je comprends.

Et ça reste un bon chevalier servant. Il m'a sauvé la vie. Il va même combattre pour gagner de l'argent pour moi.

Je lui suis infiniment reconnaissante.

Mais il avait raison depuis le départ. Je ne cause que des ennuis à lui et à sa famille. Et à présent, je le mets dans une position délicate avec sa meute.

Je ne veux pas en rajouter en l'impliquant avec la mafia de Detroit.

Dès que son combat sera fini, je m'en irai. Je romprai avec Bo. Je ne peux pas le laisser jouer les héros pour me sauver les miches. S'il lui arrive quelque chose, je ne me le pardonnerai jamais.

Il a acheté un chargeur, et mon téléphone est branché. Hier soir, j'ai envoyé un message à ma tante pour lui dire que je dormais chez une amie.

Elle se doute sûrement que cette amie, c'est Bo, parce qu'elle m'a répondu :

S'il te plaît, sache que tu peux être honnête avec moi. Je veux seulement que tu sois prudente.

J'ai simplement répondu :

Je le suis !

Je sais que mon message ne lui suffira sans doute pas et que je dois m'attendre à un cours d'éducation sexuelle en rentrant.

— Bon... et maintenant ? demandé-je à Bo quand nous avons fini de nous brosser les dents.

Il fronce les sourcils.

— On a quelques heures devant nous. Je ne sais pas... Tu veux visiter Tucson ?

Ma poitrine se serre davantage. Comment peut-il être aussi gentil ?

— Oui, bonne idée.

Je mêle mes doigts aux siens et savoure son contact comme si chaque geste était le dernier.

— Tu veux apprendre à conduire une moto ? me demande-t-il une fois dehors.

Une partie du poids qui m'ankylose les membres s'envole, et je parviens presque à me détendre.

— Carrément.

Bo m'adresse son sourire de pirate, et l'espace d'un instant, mon cœur virevolte – les ailes délicates du bonheur –, avant que je me souvienne que ça ne peut pas durer.

Je ne peux pas rester avec lui.

Mais par moment, j'oublie tout ça. Le monde devient plus clair sous mes yeux. Le soleil réchauffe déjà cette matinée fraîche d'automne, et je suis avec un mec torride. Je mets mon casque et l'écoute attentivement tandis qu'il m'explique comment tenir le guidon et faire démarrer la moto. Il me faut plusieurs essais – cinq, pour être exacte –, mais je finis par y arriver.

Sourire de pirate.

Je fonds.

— Bon, maintenant, entraîne-toi à passer les vitesses. Tu as déjà conduit une voiture manuelle ?

Je secoue la tête.

Il passe une jambe par-dessus la selle pour s'asseoir derrière moi et pose les mains sur le guidon.

Pendant un instant, j'oublie de l'écouter, préférant savourer la façon dont son corps se colle au mien. Son odeur de propre après la douche qu'il vient de prendre. La vue de ses avant-bras puissants et de ses grandes mains.

Je t'aime.

Voilà les mots qui me passent par la tête.

Je ne les prononce pas, bien entendu.

Je ne les prononcerai jamais. Ça ne serait bon ni pour moi ni pour lui. Mais ils sont sincères.

Il m'explique comment passer les vitesses avec la poignée et le fait devant moi à plusieurs reprises avant de me laisser essayer.

Je cale immédiatement.

Merde.

Il me faut encore trois essais pour redémarrer. Quatre pour faire avancer la moto.

Bo garde les bras autour de moi, comme s'il se tenait prêt à intervenir si je faisais une bêtise, mais nous roulons dans la rue en première.

— Maintenant, change de vitesse, me dit-il à l'oreille.

Et par miracle, j'y arrive.

J'éclate de rire alors que nous accélérons. Je nous fais passer par les ruelles du centre-ville pour traverser le quartier historique.

— Prends à droite, indique Bo en me montrant une rue plus large.

J'obéis, et nous nous retrouvons bientôt sur une route qui mène à une grande colline – ou une petite montagne – avec un A gigantesque à la gloire de l'Université de l'Arizona.

Le paysage de cet État n'a rien à voir avec celui du Michigan. Au début, tout me paraissait marron, mais après ces mois passés ici, je vois des nuances. Des textures. Les teintes de vert des saguaros, leur lueur au crépuscule, comme si un halo entourait ces cactus géants. Il y a des fleurs sauvages en automne. Et des fruits sur les cactus.

Et maintenant que la chaleur écrasante de l'été est derrière nous, le soleil a quelque chose de purifiant. Comme s'il était capable de brûler tout ce qui cloche dans ma vie pour laisser place au renouveau.

Nous nous rendons au sommet de la montagne, et je manque de nous tuer en cherchant à me garer. Bon, j'exagère, mais Bo est obligé de poser les pieds par terre et d'agripper le guidon pour nous éviter de tomber.

— Bravo, Gambettes. Tu as assuré.

Je pose une jambe par terre pour descendre, et je me tourne vers lui.

— C'est vrai.

Malgré tout ce que nous avons traversé et tout ce qui nous attend encore, je ne peux pas m'empêcher de lui sourire.

— Merci, dis-je.

Il m'enlace, et nous restons là, dans les bras l'un de l'autre.

Pour une fois, la tension sexuelle est absente. Ou moins présente, en tout cas. Il y a de la tendresse dans son étreinte. Comme si lui aussi savait que c'était notre dernière journée ensemble.

Comme si nous devions savourer chaque instant.

J'ignore combien de temps nous restons ainsi. Longtemps.

Enfin, Bo me lâche.

— On ferait mieux d'aller au Fight Club.

— Sérieux ? Ça s'appelle le Fight Club ?

— Oui, un Fight Club métamorphe.

Je me raidis en réalisant ce qui nous attend.

— Oh non. Est-ce que vous vous battez dans des cages ?

— Oui, carrément, répond-il avec l'ombre d'un sourire en coin. Ne t'en fais pas. Je sais ce que je fais, Gambettes.

J'ai l'estomac noué.

Et j'espère vraiment qu'il dit vrai.

CHAPITRE TREIZE

Bo

Je ne savais pas du tout dans quoi je m'embarquais.

Je me suis déjà battu. Avec mes potes. Avec d'autres métamorphes de mon âge.

Pas avec des métamorphes adultes d'autres espèces.

Il est midi, et on est dimanche, mais le Fight Club est *bondé*. Plein à ras bord.

Rien que l'odeur me donne le tournis. Je n'ai jamais vu autant d'espèces différentes. Jamais senti autant d'odeurs inconnues.

Sheridan, la petite amie de Trey, va et vient dans la salle en donnant des ordres à tout le monde, impitoyable. Elle est canon, mais je fais gaffe à ne pas la reluquer. Je sens la marque de Trey sur elle, ce qui signifie qu'il risque de devenir territorial et agressif s'il estime que je lui manque de respect.

En plus, j'ai ma propre copine à protéger, et mon loup est sur ses gardes face aux dangers auxquels elle pourrait être confrontée.

Malheureusement, je suis peut-être le pire danger de tous.

Je garde les mains sur sa taille. J'ai besoin de la sentir contre moi, de la revendiquer, même si je ne l'ai pas marquée.

Elle attire beaucoup de regards, hostiles, pour la plupart. Les gens savent qu'elle est humaine, et son espèce n'est sans doute pas autorisée ici. Ou en tout cas, elle n'est pas la bienvenue.

Fidèle à elle-même, Sloane ne se laisse pas démonter ; elle rejette ses cheveux en arrière et lance un regard froid à la ronde.

— J'emmène Bo en coulisses, mais tu peux rester derrière le bar, avec Sheridan, lui dit Trey. Sheridan, je te présente Sloane, la petite amie de Bo. Elle vient de Cave Hills.

Sheridan était une princesse de la meute de Wolf Ridge avant de venir s'encanailler avec Trey, alors elle sait parfaitement ce que cela veut dire. Elle dévisage Sloane un instant avant de lui tendre la main.

— Enchantée de te rencontrer. Tu peux rester ici avec moi, comme ça tu seras en sécurité pendant que Bo combat. Ça te va ?

Sloane hoche la tête. Encore une fois, elle ne laisse rien paraître, mais je perçois son malaise. Je lui presse rapidement la main avant de m'éloigner avec Trey.

Il me tend un short de boxe pour que je me change, et il me fait un discours d'encouragement que j'entends à peine.

J'ai repéré mon adversaire, et il a l'air redoutable. Il est plus grand que moi, mais c'est surtout son expression mauvaise qui m'inquiète. Il a l'air de vouloir m'étriper.

J'espère que ce ne sont pas des choses qui arrivent, dans cette arène.

Je fais de petits bonds sur la pointe des pieds en écoutant le rugissement de la foule pendant le premier combat.

Le temps s'accélère. À moins qu'il s'arrête. Tout ce que

je sais, c'est qu'un instant, je suis là à attendre, et le suivant, Trey me pousse en avant, dans la cage, en annonçant mon nom à la foule.

Je ne vois même pas le premier coup de poing arriver. Il me met au tapis, me cassant peut-être la pommette au passage.

Je roule sur le côté et bondis sur mes pieds, cependant, plus vite que ce qu'a anticipé mon adversaire, et je tourne autour du félin. Je pense que c'est une panthère. Non, peut-être un jaguar. Qu'est-ce que j'en sais ?

Il me donne un autre coup, que j'esquive. Je réplique. Je le frappe dans les côtes, mais il me percute en même temps.

Nous nous tournons autour et continuons de nous envoyer quelques coups de poing. J'en évite deux, mais le troisième m'atteint à la tempe et je tombe par terre. Je ne vois plus rien. Ça dure peu de temps, une seconde, peut-être. Je me relève en vacillant, mais la foule me hue.

Le félin rigole. Il se précipite de nouveau sur moi. J'ai le tournis, et je vise mal. Mon coup suivant le rate largement. Il me frappe dans les dents, et je titube en arrière.

Il s'avance vers moi.

— Tu te bats pour la fille avec qui t'es venu ? La jolie petite chatte ?

Je grogne. Je sais qu'il cherche à m'énerver, mais je n'arrive pas à me maîtriser. Je n'aime pas qu'il parle de Sloane comme ça.

— Tu crois que tu l'impressionnes, là ? raille-t-il. À mon avis, elle se pisse dessus. T'es con, ou quoi, d'emmener une humaine dans un endroit pareil ?

Il m'envoie un nouveau coup de poing, que j'esquive. Je le frappe quatre fois de suite au ventre avant qu'il réplique.

— Tu sais quoi, louveteau ? Passons un marché. Si je

gagne, je te donne l'argent de la récompense si tu me laisses faire un tour sur ta belle petite humaine.

J'ai atteint mes limites. Je garde à peine le contrôle sur mon loup quand je plonge sur lui. Je le plaque au sol et le maintiens en place pendant que je le roue de coups de poing au visage. À présent, il n'a plus aucune chance de se libérer. Je ne pense qu'à une chose. Protéger ma copine.

Et éliminer ce qui la menace.

Je ne remarque même pas qu'il perd connaissance. Je m'arrête seulement quand Trey me tire en arrière en hurlant :

— Ça suffit, Bo ! C'est fini... tu as gagné !

Sloane

Trey brandit le poing de Bo en l'air pour le désigner comme champion, et la foule rugit – surtout de désapprobation, j'ai l'impression, mais tous les loups sont pour Bo, et ils crient plus fort que les autres.

Le regard de Bo fend le public pour se poser sur moi, et il sourit, les dents en sang comme le soir du bal.

Bon sang.

J'ai les paumes moites et égratignées à force d'y avoir enfoncé mes ongles tant j'ai eu peur.

Il est fou, ce loup !

Je manque de m'écrouler à cause de la vague d'émotions qui me submerge. De l'amour, je pense. Une affection totale. De la gratitude. Mais peut-être que tout ça, c'est la même chose. J'aime ce garçon-loup qui se tient là, souriant parce qu'il vient de se battre pour moi et qu'il a gagné.

Trey le traîne par la sortie de derrière, et il disparaît, avant d'émerger vêtu d'un tee-shirt propre et de son jean. Il joue des coudes à travers la foule pour me rejoindre. Je quitte le bar pour me jeter à son cou.

Il éclate de rire et me soulève par la taille pour que je passe les jambes autour de ses hanches.

— Tu as été génial, m'écrié-je en l'embrassant dans le cou et en lui mordillant l'épaule.

— J'ai failli être disqualifié, dit-il.

— Pourquoi ?

— Le règlement interdit de laisser son animal monter à la surface dans la cage, et j'ai failli sortir les crocs pour tuer ce salaud.

Je serre les cuisses autour de sa taille, et la salle étouffante se met à tanguer autour de moi. Il y a trop de choses nouvelles à assimiler, ici, et je suis toujours sous le choc.

Mon petit ami est un loup.

Mon *faux* petit ami.

À moins qu'il soit devenu bien réel ?

— Il t'a manqué de respect, et j'ai pété les plombs, ajoute Bo.

J'ai envie de le chevaucher ici, maintenant. Son numéro de loup-chevalier m'excite comme jamais. Et il doit le sentir, car ses bras se contractent autour de moi. Il se dirige vers l'arrière-salle, dont il vient de sortir.

Je vois des gens placer leurs paris. Ils tendent des billets à un homme aux cheveux gris, mais au visage jeune qui crie des ordres aux parieurs avec un accent irlandais.

— C'est réservé aux employés... Ah, c'est toi, dit le vigile gigantesque qui garde la porte.

Il balade le regard entre Bo et moi, puis il soupire et nous laisse passer.

— J'espère que vous vous protégez, ajoute-t-il à l'intention de Bo.

Mince, c'est si évident que ça ? Je m'empourpre. En fait, je suis déjà toute rouge. Ça doit se voir à des kilomètres à la ronde.

— Oui, t'inquiète, lui lance Bo.

Il me porte dans l'arrière-salle et m'assoit sur une pile de cartons.

— Désolé, c'était débile, comme remarque. Tu es mal à l'aise ? On n'est pas obligés de faire ça.

J'ai sans doute toujours les joues roses, mais je m'en fiche. Je ne connais pas ce type, ni qui que ce soit d'autre ici. Et j'ai envie de montrer ma reconnaissance à Bo.

— Je suis dur comme du bois pour toi, Gambettes. Touche.

Je saisis son sexe à pleine main à travers son jean.

— Sors-la, ordonné-je d'une voix rauque.

— Par le Destin, bredouille-t-il.

Il déboutonne son jean à toute allure, comme si sa vie était en jeu. Je descends de la pile de cartons pour me mettre à genoux, mais il m'attrape et me penche sur les boîtes pour me donner une tape sur les fesses.

— Je veux te pénétrer, dit-il en glissant la main devant moi pour me caresser entre les jambes. Tu veux bien, ma belle ?

— Oui.

J'envisage de lui dire d'y aller doucement, car j'ai toujours un peu mal après notre partie de jambes en l'air de la veille et les coups de poing que j'ai reçus dans le ventre, mais je veux qu'il soit sauvage.

J'aime bien quand ça fait un peu mal.

J'aime bien quand il est brutal.

J'aime sentir la bête en lui. Le voir perdre le contrôle tant son désir pour moi est fort. Voir ses yeux changer de couleur ; à présent, je comprends pourquoi ils paraissent parfois argentés.

Je suis déjà mouillée pour lui. Je couvre sa main avec la mienne et l'encourage. Il me mordille le cou, son souffle brûlant, ses dents tranchantes contre ma peau. Il déboutonne mon jean et glisse la main à l'intérieur. Je gémis à la seconde où ses doigts touchent mes parties sensibles, et je contracte le périnée.

— Oh, par le Destin, Sloane. Tu es trempée.

— Baise-moi, grand méchant loup.

Ses gestes deviennent enfiévrés. Il baisse mon pantalon et ma culotte et me donne une grosse claque sur les fesses. Si l'on m'avait demandé il y a quelques mois si je voulais qu'un mec me donne la fessée, j'aurais répondu non, mais chaque fois qu'il le fait, ça m'excite. Et je brûle déjà d'excitation pour lui.

J'entends le bruissement de son jean, l'emballage qu'il déchire, puis je sens son membre couvert d'un préservatif contre mon entrée. Je tends les fesses pour l'accueillir. J'ai encore des douleurs après la nuit dernière, mais je suis plus que prête. Il se glisse facilement en moi, et ma sensibilité rend le plaisir encore plus délicieux.

— Sloane, dit-il d'une voix rocailleuse en s'emparant de mes hanches tandis que son sexe m'étire à chaque lent va-et-vient. C'est tellement bon.

Je lui jette un regard par-dessus mon épaule, et il s'empare de ma bouche dans un baiser mouillé.

— Putain, tu es tellement sexy. Je ne comprends pas comment une humaine peut être aussi canon.

Étonnamment, je suis ravie de ce compliment, même s'il n'est pas totalement positif.

— Tu es le seul, lui dis-je.

— Le seul quoi ?

— Le seul à m'avoir pénétrée.

Ça, il le sait déjà. Il sait qu'il a pris ma virginité. Mais je veux lui dire autre chose :

— Le seul que j'ai laissé entrer. Le seul à qui je faisais confiance.

Je voulais dire le seul à qui je *fais* confiance, mais j'ai parlé au passé. Parce que je sais qu'il est censé m'effacer la mémoire, faire disparaître ces vingt-quatre dernières heures de mes souvenirs.

Il marque un temps d'arrêt, comme s'il avait remarqué ma gaffe et qu'il se demandait si je savais tout.

Il pousse un juron et se met à me donner des coups de reins plus passionnés tout en me caressant le clitoris. Il nous emmène déjà vers la ligne d'arrivée.

Cette métaphore est adaptée à la situation.

Tout va se conclure entre nous.

Je ferme les yeux et m'en remets à l'intensité de ses va-et-vient. Encore quelques secondes, et je jouis, tout mon corps contracté, mon sexe crispé contre le sien.

Il gémit et s'enfonce profondément en moi, de plus en plus fort jusqu'à ce qu'il s'immobilise, reprenant son souffle avant de pousser un long grondement sourd.

Il porte un préservatif, mais je jurerais pouvoir sentir la chaleur de son sperme en moi, et mes muscles se serrent sur lui comme pour l'aspirer. Bo me caresse le clitoris et m'arrache encore quelques frémissements avant de se retirer et de remonter ma culotte. Il y a quelque chose d'excitant dans la façon qu'il a de me rhabiller et de reboutonner mon jean. D'excitant et d'attendrissant.

Il m'embrasse dans le cou. Je ne le regarde pas. J'en suis incapable. Le moment est venu de dresser mes barrières à nouveau. De reforger ma carapace, de dire au revoir à ce garçon fantastique que j'ai envie de garder pour toujours.

— Attends, je reviens.

Il disparaît pour aller jeter le préservatif et il revient avec une bouteille d'eau, qu'il ouvre et me tend.

Je bois à grandes gorgées et lui rends la bouteille.

— Bo ? J'ai ton argent, lance Trey, sans doute pour éviter de nous surprendre. Viens dans mon bureau.

Bo me prend par la main, et nous sortons en trottinant.

— Je vais faire un saut aux toilettes, lui dis-je. Je te retrouve au bar ?

Il me serre la main.

— D'accord.

Je vais aux toilettes, puis me dirige vers le bar. Il s'est vidé des trois quarts de ses clients, mais je reconnais immédiatement l'un des hommes qui s'y attardent.

Winslow.

Et il n'est pas content de me voir. Pas du tout.

Ce type me terrorise toujours, même maintenant que Bo et moi sommes ensemble, mais je relève la tête et vais le rejoindre.

— Salut. Je suis contente de voir que tu vas bien. Ta famille se faisait du souci.

Il plisse les yeux.

— Je t'avais dit de pas le mêler à ça.

— Je sais. Et c'est ce que j'ai fait. Enfin, j'ai essayé. Mais il ne se laisse pas faire.

J'avais oublié à quel point Winslow était grand. Bo a déjà une stature imposante, mais son frère me dépasse largement et il est super baraqué. J'ai du mal à ne pas sursauter quand il se penche sur moi, son visage juste en face du mien.

— Il paraît que vous avez eu des problèmes, hier soir. Et

je suis certain que c'était de ta faute. Alors je vais te le dire une bonne fois pour toutes : fous la paix à mon frère.

Je suis surprise par ma soudaine envie de pleurer. Je suis obligée de battre des cils pour chasser mes larmes.

— C'est ce que je vais faire, réponds-je d'une voix chevrotante.

C'est déjà ce que j'ai prévu, de toute façon.

— Si tu ne le fais pas, je dirai aux flics que tu étais ma complice et que tu volais les voitures.

Il ne mettra sans doute pas sa menace à exécution, parce que cela l'obligerait à se rendre et que je doute qu'il en ait l'intention, mais une vague d'adrénaline me traverse tout de même.

— C'est déjà fait. Je m'en vais, dis-je alors que Bo arrive derrière moi.

— Winslow.

Il jette un regard au type assis à côté de son frère et ajoute :

— Ben.

La voix de Bo est surprise et légèrement indignée. Ce n'est pas la réunion heureuse à laquelle je m'étais attendue. Il est tendu, et il glisse quelque chose sous la ceinture de mon jean, sans doute l'enveloppe pleine d'argent. Comme s'il ne voulait pas que Winslow la voie.

— C'est là que tu te cachais ? Maman est morte d'inquiétude. Bon sang, tu aurais pu nous appeler.

Le visage de Winslow est tordu par la colère.

— C'est gonflé, de la part du gamin qui a peut-être buté quelqu'un hier soir.

Je fais un pas en arrière, et Bo s'avance vers son frère, comme s'il voulait me protéger de lui. L'ami de Winslow descend de son tabouret pour jouer les seconds. Ils ont l'air d'avoir le même âge. Et le même Q.I.

— Hé, va m'attendre près de la moto, me murmure Bo en me tapotant la jambe.

Pas besoin de me le dire deux fois.

Je quitte le bâtiment, un entrepôt transformé en bar industriel branché qui contraste avec le parking refait à neuf.

Je mets un moment à assimiler la situation et à réaliser quelque chose.

C'est le moment de tenir ma promesse à Winslow. De partir.

Sans Bo.

CHAPITRE QUATORZE

Bo

Putain de *bordel* de merde!

Je donne un coup de pied dans l'entrepôt métallique qui accueille le Fight Club, la poitrine tellement serrée que j'ai dû mal à respirer.

Elle est partie.

Elle a pris le fric *et ma putain de moto...* et elle est partie.

Quelle *garce* !

Non, je ne le pense pas.

Enfin, si.

Merde !

Je donne un nouveau coup de pied dans le bâtiment, enfonçant le métal et me cassant sans doute quelques orteils au passage. Je n'arrive pas à croire que je viens de me faire avoir par Sloane McCormick. C'est quoi, ce bordel ?

J'ouvre la porte à la volée et retourne à l'intérieur, clignant des yeux pour m'habituer à la lumière. Winslow se trouve toujours au bar.

J'ai les nerfs contre lui aussi. Pendant tout ce temps, il se la coulait douce à Tucson avec les autres loups bannis de notre meute. J'aurais dû me douter qu'il allait bien. Les anciens affirment constamment que sans meute, nous ne pouvons pas survivre. Que les loups solitaires sont vulnérables, ce genre de conneries. Et moi qui m'inquiétais pour Winslow, alors qu'il s'en sortait à merveille. En fait, il bosse déjà pour Tank, un autre ancien membre de la meute de Wolf Ridge qui tient un garage pour moto dans le coin.

Il ne meurt pas de faim et il n'est pas seul, à errer parmi les humains, désespéré sans ses semblables.

Je suis bien bête de m'être fait un sang d'encre.

Je me dirige vers lui d'un pas lourd, prends sa bière et la vide d'un trait.

Il me regarde avec un sourire indulgent. Ouais, depuis des années, c'est lui qui achète de l'alcool pour mes potes et moi parce que nous n'avons pas encore l'âge légal.

— Elle est partie. Elle s'est tirée avec ma bécane. Tu as une voiture ?

— Bon débarras, commente Winslow d'un ton nonchalant.

Je plisse les yeux. Ne devrait-il pas être énervé qu'elle ait volé ma Triumph ? Il n'apprécie même pas Sloane.

Mon frère commande une autre bière et ajoute :

— Tank me prête son pick-up. Mais j'en ai besoin.

— L'alpha Green a dit que tu devais venir au conseil, sans quoi tu serais banni.

— Je l'emmerde.

Sa réponse ne me surprend pas.

— Conduis-moi au moins à la maison, va voir maman et rassure-la.

Il hausse les sourcils.

— C'est toi qui paies l'essence ?

Bien sûr, avec l'argent que je n'ai pas parce que *Sloane a tout emporté*. Mais je n'ai d'autre choix que d'accepter.

— Oui, réponds-je.

Winslow pousse un soupir et se lève, avant d'engloutir la bière que le barman vient de lui servir.

— Allons-y.

Je ne lâche pas un mot de tout le trajet. Je suis furieux contre mon frère, et furieux contre Sloane. Mais surtout, je suis furieux contre moi-même.

Pourquoi suis-je allé me fourrer dans ce merdier ? Parce qu'une belle paire de jambes est passée par notre garage à la pleine lune et que je suis toujours un adolescent en chaleur ?

Quel crétin.

J'essaye de ne pas penser à tout ça, mais je ne peux pas m'empêcher de décortiquer chaque moment que nous avons passé ensemble.

Notre premier tour en moto. La fois où elle m'a payé pour lui apprendre à changer le moteur d'une voiture, avant de réaliser que c'était trop compliqué.

Le bal de début d'année.

Son orgasme avec le vibromasseur.

Le sexe.

Ça, c'était sincère. Par le destin, j'ai besoin de croire que c'était sincère. Que ça ne faisait pas partie de son arnaque.

Besoin de croire qu'elle ne m'a pas pris pour un pigeon, vu que c'est moi qui lui ai couru après.

Mais ça ne l'a pas empêchée de se servir de moi, n'est-ce pas ?

Pas empêchée de me laisser me battre pour elle. Pas empêchée de prendre l'argent que j'ai gagné.

Elle est désespérée, me souffle ma raison.

D'accord, mais j'étais à ses côtés tout du long. À la protéger. À lui éviter d'avoir à faire ça toute seule. À tenter de trouver une solution à ses emmerdes.

Sauf qu'elle ne voulait pas que je joue les chevaliers servants.

Son rejet me transperce la poitrine. Je tenais vraiment à elle, et elle m'a chiffonné comme un vieux papier avant de me jeter à la poubelle.

J'étais prêt à tout pour elle.

Et alors que j'assimile cette pensée, je la sens irradier dans tous mes membres. Dans tous mes organes, toutes mes veines.

Je suis toujours prêt à tout.

Même après sa trahison.

Sloane

Je pleure pendant tout le trajet jusqu'à Wolf Ridge. Je me sens coupable d'avoir laissé Bo se démerder tout seul. Et je suis une sale égoïste, parce que je n'ai vraiment pas envie de faire ça toute seule. Ça n'a duré que vingt-quatre heures, mais j'ai aimé avoir Bo dans mon camp. Aimé qu'il brandisse son épée et qu'il se prépare à mener mes batailles à ma place.

Mais bien sûr, je ne peux pas le laisser faire.

Et je vais devoir continuer de le rejeter si je veux le tenir à l'écart.

Je conduis sa moto jusqu'au garage, qui semble heureusement fermé. J'ouvre l'enveloppe et compte ses gains. Onze mille sept cents dollars.

C'est une sacrée somme, pour un lycéen, surtout en une

seule journée.

J'aimerais pouvoir lui laisser tout l'argent. Et je le ferais, si je ne me faisais pas autant de souci pour ma cousine. Je lui laisse sept cents dollars et garde les onze mille restants. Je fouille dans mon sac à main à la recherche d'un stylo et j'écris au dos du reçu :

Bo,

Pardonne-moi de t'avoir quitté comme ça.

Ne me cherche pas, s'il te plaît. Je te rembourserai dès que possible.

Un merci n'est pas suffisant, je le sais, mais c'est tout ce que j'ai à t'offrir.

Et je sais que tu ne me dois rien, mais j'ai un service à te demander : pitié, n'efface pas les souvenirs que j'ai de toi. J'en ai besoin.

– S

J'ai envie d'écrire *Je t'aime*, mais c'est une mauvaise idée. Ça ouvrirait la porte au lieu de la fermer. Et Bo ne peut plus faire partie de ma vie.

Je sèche mes larmes avec mes doigts et fourre le mot et l'argent dans l'enveloppe, que je glisse dans sa sacoche. J'espère que personne ne la volera avant qu'il la trouve, mais il y a peu de risques. Après ce que j'ai vu de la communauté métamorphe de Tucson, je pense que les habitants de Wolf Ridge sont solidaires. J'ai du mal à les imaginer en train de se voler les uns les autres.

J'envoie un message au numéro que m'a donné Vinny. Je vais tenter d'éviter le désastre en donnant tout l'argent que je possède. Je lui donne un point de rendez-vous, une rue très fréquentée de Scottsdale, et j'appelle un taxi. Je pourrai faire un saut chez ma tante pour récupérer l'argent de la première vente de voiture. Trente mille dollars, ça devrait m'aider à gagner du temps.

En chemin pour Cave Hills, puis pour Scottsdale, mon estomac se noue. J'ai l'impression d'être à moitié morte. Non, morte tout court. Parce que je commence à me demander quel est l'intérêt de vivre après avoir tant perdu.

J'ai cru que ma vie s'était arrêtée quand mon père a été envoyé en prison et moi dans l'Arizona, mais je me trompais. Je ne savais pas ce qu'était la vie. Pas avant que Bo Fenton se faufile par ma fenêtre et envahisse la mienne. Pas avant qu'il se fasse passer pour mon petit ami à plein temps. Qu'il m'emmène au bal. Qu'il prenne ma virginité et qu'il prenne une balle pour moi.

Et maintenant que j'en ai pris conscience, une vie sans Bo me paraît insupportable.

Mais je n'ai pas le choix. Même si je n'étais pas dans la merde jusqu'au cou – et je le suis –, il ne peut pas être avec moi, de toute façon. J'ai entendu les ordres que lui a donnés le chef de la meute de Tucson. Il compte m'effacer la mémoire pour que j'oublie ce qu'il est. Ça signifie qu'il ne pourrait pas être en couple avec moi sur le long terme.

Mieux vaut tout arrêter maintenant plutôt que de perdre notre temps. Plutôt que de révéler nos sentiments tout ça pour qu'ils soient piétinés.

Je fais une visite expresse à la maison de ma tante, soulagée que ma cousine et elle ne soient pas là pour me poser des questions, et je regagne mon taxi. Le chauffeur me dépose à l'adresse que je lui ai indiquée, et je sors, mon sac à main plein d'argent pressé contre ma poitrine. Je regarde autour de moi, mais je ne vois pas les deux hommes de main.

Un sifflement m'interpelle depuis une ruelle.

Merde.

Évidemment qu'ils ont choisi cet endroit pour se garer, là

où personne ne verra ce qui se passe. Je rejoins la voiture et m'assois sur la banquette par la portière ouverte. Tom se glisse à côté de moi et ferme la portière, puis la voiture se met en route.

Ça, c'est le premier signe que quelque chose cloche.

Le deuxième indice, c'est le coup que je reçois à la tempe. Le monde devient noir.

$\sim$

Bo

Winslow et ma mère sont assis à la table de la cuisine. Ma mère est en train de pleurer, et mon frère pose sa main sur la sienne et lui promet que tout s'arrangera.

Je les laisse faire et traverse le couloir pour rejoindre ma chambre et me laisser tomber sur mon lit.

Je me sens vide.

Je devrais être content. J'ai atteint le but que je m'étais fixé : trouver Winslow. Le ramener à la maison pour qu'il dise au revoir à notre mère. Mais je ne ressens aucune satisfaction.

Déjà, ces adieux sonnent un peu creux, vu que Winslow vit à Tucson, à seulement deux heures et demie d'ici. Il se cache peut-être de la police, mais il n'est pas tapi dans une grotte de l'Utah ou du Nouveau-Mexique, comme certains métamorphes en exil. Il se trouve dans une ville proche. Avec un travail et une meute pour prendre soin de lui.

Mais mon malheur n'a rien à voir avec mon frère.

Si je suis comme ça, c'est à cause de ce qui s'est passé avec Sloane.

Cette fille m'a *anéanti.*

Je ne sais même pas comment elle a fait. C'est moi qui menais la danse. Moi qui me suis immiscé dans sa vie. Mais c'est moi qui suis au fond du trou.

Et elle s'en tire sans une égratignure.

Quoique...

J'ai eu beau consulter mes messages cinquante fois, je n'en ai reçu aucun de sa part et je suis trop en colère pour prendre l'initiative. Et si je lui envoyais un texto, il détruirait tout ce que nous avons été, et malgré tout ce qui s'est passé, je ne suis pas sûr que ce soit ce que je veux.

Mon portable vibre et je le sors de ma poche. C'est Wilde, qui prend de mes nouvelles :

Tu viens en cours demain, mon salaud ?

Je ne réponds pas et ferme les yeux.

Je me force à m'endormir.

J'espère être redevenu moi-même au matin.

Savoir quoi faire.

En tout cas, une chose est sûre : je n'ai plus besoin de culpabiliser à l'idée d'effacer la mémoire de Sloane, vu le peu de considération qu'elle m'a témoigné.

Sloane

Ma tête me lance. Je pense qu'on m'a droguée, car mon corps refuse de bouger. J'ai la bouche pâteuse, et j'ai envie de vomir.

Je suis allongée sur la banquette arrière du SUV, et les haut-parleurs diffusent du Post Malone à plein volume. Des hommes parlent sur les sièges de devant, mais je n'arrive pas à les comprendre à cause de la musique.

Et il fait jour.

Ce qui signifie que nous avons conduit toute la nuit. Enfin, je crois. J'ai repris connaissance à plusieurs reprises, et à chaque fois, c'était pareil. La voiture avançait. Mon corps est trop mou pour répondre à mon cerveau.

Où allons-nous, bon sang ?

Eh, merde.

Ils m'amènent à mon nouveau propriétaire, qui me torturera et me violera jusqu'à... jusqu'à quoi ? Jusqu'à ce qu'il me tue ou me vende au tortionnaire suivant ? Une vague de nausée m'envahit, et je tente de la contenir.

Au moins, Rikki n'est pas là. Ça m'aurait achevée.

Je tousse, m'étouffe un peu, et le visage de l'un des types apparaît quand il se tourne vers moi. Tom.

— Elle s'est encore réveillée.

— Occupe-toi d'elle, lui ordonne Vinny.

— Et si elle a envie de faire pipi ou un truc comme ça ? Je veux pas qu'elle fasse ça dans la bagnole. Comment on fait dans ce cas ?

— Fais-lui une autre piqûre !

J'essaye de faire bouger mes lèvres.

— J'ai envie de faire pipi, parviens-je à dire d'une voix éraillée.

C'est sans doute vrai. J'ai du mal à en être sûre, vu que je ne sens pas mon corps. Mais je veux qu'ils s'arrêtent quelque part pour pouvoir m'évader.

— *Vaffanculo,* grogne Vinny.

Sans doute une insulte en italien. Le véhicule freine et s'arrête brusquement.

Merde.

J'aurais préféré une aire d'autoroute. Ou une station-service. Tout sauf le bord de la route.

Tom sort du véhicule et ouvre ma portière pour me traîner dehors. Mes jambes cèdent sous mon poids, et je tombe par terre. Il me jette un regard méprisant.

— Pisse, alors.

Je suis sûre que j'ai la vessie pleine. Je me concentre pour faire bouger mes mains, et je parviens à déboutonner mon jean et à le baisser. Je m'accroupis et me soulage.

Des champs de maïs.

Nous sommes entourés de champs de maïs. Ce qui signifie... que nous nous trouvons quelque part dans le Midwest.

Je ne m'y attendais pas.

Mais les esclaves sexuelles, ça doit se vendre partout.

Je me relève lentement et remonte mon pantalon, mais je n'ai pas le temps de le boutonner, car Tom me pousse à nouveau dans le SUV.

— De l'eau ? croassé-je.

Je meurs de soif.

— Fais-lui une autre piqûre, ordonne Vinny depuis le siège conducteur.

— D'accord. Mais elle a peut-être besoin de boire, non ? Combien de temps peut tenir une personne sans eau ? Ça fait seize heures, quand même.

Seize heures. Je suis restée inconsciente longtemps.

— J'ai besoin d'eau, insisté-je.

— Si tu lui donnes à boire, elle aura à nouveau envie de pisser. On peut pas prendre le risque.

— S'il vous plaît. Juste une gorgée.

Tom s'approche de moi avec une aiguille et me l'enfonce dans le bras. Il claque ma portière et se glisse de nouveau dans le siège passager. Le véhicule démarre en trombes. Avant de perdre connaissance, je vois que l'on me tend une bouteille d'eau, mais elle n'atteint pas ma bouche.

~

Bo

— Fenton, vingt pompes ! me hurle le coach Jamison pendant l'entraînement quand je me prends le ballon dans la tête. Redescends sur terre et aie un peu de respect pour tes coéquipiers.

— Oui, chef !

Ma réponse est automatique. Tout est mécanique, chez moi. Je comprends à peine ce qu'il me dit ou ce qu'il attend de moi. Je suis au fond de l'océan, et je ne sais pas quel chemin prendre pour remonter à la surface.

Je ne sais même pas ce que je ressens, à part l'impression que tout va mal.

Je suis fâché contre Sloane. Fâché contre moi-même. Fâché contre le monde entier. Et je suis tenaillé par mon besoin de me sortir du tombeau dans lequel je suis emmuré, sans savoir comment m'y prendre.

Étonnamment, j'arrive à tenir pendant tout l'entraînement.

— Qu'est-ce qui t'arrive, Bo ? Des nouvelles de Winston ? me demande Wilde à voix basse une fois dans les vestiaires.

Je m'attendais plutôt à ce qu'il me reproche mon jeu épouvantable, et ses questions m'aident un peu à retrouver mes repères. Surtout que les autres alpha-brutis – Austin, Cole et Slade – se pressent autour de moi pour écouter la réponse.

J'agite les mains en l'air.

— Il se la coulait douce à Tucson. Avec Ben Thomasson et le reste des exilés de la meute.

Ben Thomasson a été banni pour avoir mordu Bailey, la petite amie humaine de Cole, pendant la pleine lune.

Cole pousse un grognement.

— Ça m'étonne pas, dit-il. Ce connard est trop arrogant pour se cacher ou rester discret. Sans vouloir te manquer de respect.

Je secoue la tête. Je ne le prends pas mal du tout. Mes amis sont victimes de la personnalité tyrannique de Winslow et Ben depuis aussi longtemps que moi, c'est à dire depuis toujours.

— Et Miss *60 Secondes Chrono* ? me demande Slade.

Je le plaque aux casiers, une main sur sa gorge.

— L'appelle pas comme ça.

— OK, calmos, mon pote.

Je n'ai pas envie de le lâcher. Je préférerais le tuer. Pour avoir parlé d'elle. Pour avoir pensé à elle.

Austin et Wilde attrapent chacun l'un de mes bras et me tirent en arrière.

— Mec. Calme-toi. Pigé ?

Il grogne ces mots à quelques centimètres de mon visage.

J'ai envie de me battre avec Slade. De me battre avec eux tous.

Mais ça n'arrangera sans doute rien.

Je cesse de me débattre, puis je me dégage.

— J'ai besoin qu'on me ramène chez moi, grommelé-je.

— Pourquoi, elle t'a piqué ta moto ? demande Cole en s'esclaffant.

Je lui bondis dessus en un instant et le plaque par terre. Il est redoutable, surtout avec les violences qu'il subit depuis deux ans, mais je m'en fiche. Je veux du sang, et je vais en avoir.

Austin, Wilde et Slade sont obligés de combiner leurs efforts pour me tirer en arrière, et pendant tout ce temps, ils chuchotent leurs ordres, car si notre coach nous entend nous battre, il nous fera passer un sale quart d'heure.

Ils finissent par s'asseoir sur moi : Wilde sur ma poitrine, Austin sur mon ventre et Slade sur mes jambes. Ils restent comme ça jusqu'à ce que ma vision redevienne normale et que j'arrête de lutter, dépité.

— Elle a vraiment volé ta moto ? me demande Wilde d'une voix prudente.

Cette fois, je n'ai pas envie de me battre. J'ai besoin que mes amis m'aident à comprendre ce qui m'arrive. Je hoche la tête.

Wilde siffle et se relève. Les deux autres l'imitent et m'aident à me remettre debout.

— Qu'est-ce que tu vas faire ?

Je hausse les épaules.

— Je n'en ai aucune idée.

Ils restent là à me regarder fixement. Et moi qui croyais qu'ils pouvaient m'aider.

— Eh bien... je ne peux pas lui faire de mal, dis-je.

Je ne peux pas, et je ne veux pas. Jamais de la vie.

— Je crois qu'il faudrait plutôt que je la baise, ajouté-je.

C'est bête et réducteur, mais à l'instant où je le dis, je me sens beaucoup plus léger.

Comme si mon loup se réjouissait que j'envisage de la retrouver. Qu'une partie de jambes en l'air soit toujours possible. Que je ne lui tourne pas définitivement le dos.

Cole me donne une tape sur l'épaule.

— Oui, ça réglera tous vos problèmes, mec.

J'ignore s'il est sarcastique ou sincère, mais ça n'a pas d'importance. Je me sens mieux. J'ai besoin de voir Sloane. De la baiser passionnément pour la punir.

Et ensuite, on pourra régler nos problèmes.

C'est la seule solution réaliste.

— Conduis-moi au garage, dis-je à Wilde alors que je sors mon sac à dos de mon casier. Il faut que je prenne la voiture de Winslow pour aller à Cave Hills.

Mon cœur manque un battement lorsque nous nous garons devant le garage. Ma moto se trouve devant, et je passe la zone en revue, comme si Sloane risquait d'apparaître, elle aussi.

Je bondis hors de la Jeep et fais signe à Wilde de s'en aller, avant de courir vers ma moto. Les clés ne sont pas sur le contact. Je fouille dans ma sacoche et les trouve, ainsi que l'enveloppe que m'a donnée Trey. Et un mot.

J'ai le souffle court alors que je le lis.

Et le relis.

Je le porte à mon nez pour le renifler. Je sens ses larmes. Ça ne devrait pas être possible, mais c'est pourtant vrai. Sloane pleurait quand elle a écrit ça.

Putain, elle m'aime. *N'efface pas les souvenirs que j'ai de toi. J'en ai besoin.*

Tout se met en place dans ma tête, et tout s'éclaire.

Elle a entendu Garrett m'ordonner de lui effacer la mémoire, alors elle s'est enfuie. Qui sait, Winslow aussi l'a peut-être menacée pendant qu'ils étaient seuls. Oui, le connaissant, c'est probable. Et elle avait peur que je me retrouve mêlé à ses ennuis avec la mafia.

Alors elle m'a mis à l'écart. Pas parce qu'elle se fichait de moi. Parce que je comptais pour elle. *Compte* pour elle.

Et elle n'a pas vendu ma moto. C'était sympa de sa part, de me laisser un peu d'argent. Je mets l'enveloppe dans ma poche, monte en selle et démarre.

Si elle croit pouvoir prendre les décisions à ma place, elle se trompe.

Je conduis jusqu'à chez sa tante, et cette fois, je fais mon entrée de manière plus traditionnelle, en frappant à la porte.

Sa tante m'ouvre, et je suis surpris par la crispation qui se dégage d'elle.

— Bo ! s'exclame-t-elle en regardant derrière moi. Où est Sloane ?

Je regarde dans la rue, même si je sais qu'elle n'est pas là.

— Comment ça ? Elle n'est pas chez vous ?

Sa tante fond en larmes.

— Elle a disparu depuis samedi. Je croyais qu'elle était avec toi... Elle n'est jamais rentrée, et maintenant, elle ne répond plus à mes messages.

Je suis sous le choc. J'ai l'impression d'être dans un film d'horreur, quand la musique s'arrête subitement.

— Merde.

J'entre à grands pas dans la maison, sans même m'excuser pour ce juron. Je sors mon téléphone, comme si un message de Sloane risquait d'apparaître, et mes mains tremblent sur l'appareil ;

— Elle n'est pas rentrée hier soir ? Pas depuis samedi ?

— Non. J'ai déjà prévenu la police. Ils refusent de mettre tous les moyens pour la chercher parce qu'elle a dix-huit ans. Je ne sais pas... ils n'ont pas l'air de prendre ça au sérieux.

Sa voix se brise à nouveau.

Je me mets à faire les cent pas dans le salon exigu.

— Elle était avec moi jusqu'à hier après-midi, et puis elle est partie, dis-je en me passant la main dans les cheveux.

Il s'est passé quelque chose.

Quelque chose de grave.

Et ça a beau ne pas être mon histoire, je ne peux plus cacher les problèmes de Sloane à sa tante.

— Elle a des ennuis, parviens-je à dire. Asseyons-nous. Je vais vous raconter ce que je sais.

La tante de Sloane se laisse tomber sur le canapé, et Rikki s'assoit à côté d'elle. Je m'installe sur l'accoudoir d'un fauteuil et commence à raconter toute l'histoire. Quand j'arrive au moment où je l'ai suivie jusqu'à Naco, je bondis sur mes pieds et sors mon téléphone.

— J'ai installé une application de traçage sur son portable. Par le Destin, elle ne l'a peut-être pas encore désinstallée. Pitié, faites qu'elle fonctionne toujours.

Mon pouce balaye l'écran de mon portable pour ouvrir l'application. Je prends une grande inspiration en voyant le point avec son nom.

— *Michigan*. Elle est dans le Michigan.

— Tu crois qu'elle est allée voir ce mafieux ?

La pièce se met à tourner autour de moi.

— Ou alors ils l'ont emmenée de force, réponds-je. Ils avaient l'air persuadés qu'elle avait les trucs qu'ils cherchent. Comme si elle les leur cachait ou qu'elle les avait déjà vendus. Je crois qu'elle a jeté les lettres de son père sans les ouvrir, alors on ne saura jamais s'il lui en a parlé avant de mourir.

La tante de Sloane reste bouche bée, les yeux écarquillés.

— Les lettres ! s'exclame-t-elle en bondissant sur ses pieds. Elle ne les a jamais ouvertes. Je les ai trouvées dans sa corbeille, intactes, et je les ai mises de côté. Je me disais qu'un jour, elle serait peut-être prête à les lire, ou qu'elle en aurait besoin pour tourner la page. J'ai voulu lui en parler quand il est mort, mais dès que je prononçais le nom de son père, elle s'en allait.

— Alors vous les avez toujours ?

Elle quitte la pièce sans me répondre et revient avec cinq enveloppes. Rikki, elle et moi commençons à les ouvrir et à les lire en diagonale.

— Je crois que j'ai trouvé, dit la tante de Sloane.

Elle se met à lire à voix haute :

— S'il m'arrive quelque chose, va voir dans le box 2238 de l'entrepôt de stockage près de ton ancien collège. La clé se trouve avec celles de ton cadenas de vélo.

— Je vais chercher la clé ! annonce Rikki en se précipitant vers la porte du garage.

— Et moi, je vais dans le Michigan, déclaré-je. Sloane se trouve là-bas, et elle a besoin de mon aide.

Je sors la liasse de billets que Sloane m'a laissée et la jette à sa tante.

— Je n'ai pas de carte bancaire. Vous pouvez me réserver un billet d'avion ?

— Je viens aussi, dit-elle.

C'est une adulte, mais l'alpha en moi est obligé d'intervenir.

— Non. Hors de question. Sloane ne voulait pas que vous soyez impliquées, Rikki et vous.

— C'est ma nièce. Et tu n'es qu'un adolescent, rétorque-t-elle d'un air indigné, bien qu'elle soit obligée de lever la tête pour me regarder dans les yeux.

— J'ai dix-huit ans. Je suis capable de me défendre.

Elle soupire et passe devant moi sans prendre l'argent.

— Tu ne pourras même pas louer de voiture, me lance-t-elle alors qu'elle se rend dans le couloir.

— Je trouverai une solution.

Rikki revient avec les clés.

— Les voilà, dit-elle en me les tendant.

— Bo ? Viens là, me lance la tante de Sloane depuis la

cuisine, et je la rejoins. Donne-moi ton nom complet. Et entre ton numéro dans mon téléphone... et celui de ta mère. Je veux que tu me fasses un compte rendu toutes les heures.

— Oui, Madame.

Elle m'adresse un sourire tremblant par-dessus son épaule.

— Je suis contente que ma nièce ait quelqu'un comme toi.

Ses mots renforcent ma volonté. Comme si elle s'adressait directement à ma raison de vivre.

C'est peut-être le cas, d'ailleurs. Si seulement Sloane me laissait faire...

Sloane

Je me réveille dans une pièce sombre. Un hangar, peut-être, car j'ai du béton sous les pieds et beaucoup d'espace au-dessus de la tête. Je suis ligotée à une chaise, et ma tête me fait tellement mal que je n'arrive pas à réfléchir.

— Bonjour, Sloane, me dit une voix suave et familière.

Un homme aux cheveux poivre et sel vêtu d'un costume hors de prix apparaît devant moi. Le mafieux. J'ai raté son arrivée.

Je cligne des yeux pour tenter de voir clair.

— Tu n'as pas tenu parole, ajoute-t-il.

Il me caresse la joue, m'envoyant un frisson le long de l'échine.

Mon cœur bat la chamade.

— Il... il me faut juste un peu plus de temps. Je croyais

que j'avais encore une ou deux semaines devant moi. Je cherche toujours.

Il me donne une claque du dos de la main, et ma tête est projetée en arrière. Des étoiles dansent devant mes yeux.

— Tu ne cherches rien du tout. Tu piques des voitures. Si je veux des bagnoles volées, j'ai mes propres réseaux. Je n'ai pas besoin d'une adolescente pour ça. Je suis de retour, et je veux mon or.

— Voilà ce qu'elle avait sur elle, Don Salvatore, dit Vinny. Elle a apporté trente mille dollars en liquide.

Don Salvatore. À présent, je peux mettre un nom sur ce visage désagréable. Salvatore prend mon sac à main et fouille dedans. Il en sort mon téléphone.

— Tu as laissé son portable dedans ? demande le mafieux.

— Elle n'y a pas touché, chef. Elle était inconsciente pendant tout le trajet.

— Les portables peuvent permettre de tracer les gens, abruti. Et elle a autorisé la localisation.

Je me redresse. *La localisation.* Bo m'a déjà retrouvée une fois. Pourrait-il recommencer ?

Non, sans doute pas.

Pas après que je lui ai dit que c'était fini entre nous.

Mais je m'accroche à ce mince espoir. J'ai une chance d'être retrouvée. Ma tante a sans doute prévenu la police, depuis le temps.

Ils tracent peut-être mon portable.

Salvatore sort l'argent de mon sac et le regarde d'un air indifférent.

— Je me suis montré patient avec toi. Extrêmement patient. Mais je commence à me dire que je ne t'ai peut-être pas assez mis la pression. Je t'ai ordonné de me trouver les lingots et le tableau. *Alors où sont-ils ?*

Je m'agite dans ma chaise, gênée par sa proximité et le son de sa voix. Son haleine sent le café amer.

— J'essaye de les chercher ! protesté-je.

Je reçois une nouvelle gifle. Cette fois au moins, il ne me l'a pas donnée du dos de la main. Mais ça fait un mal de chien.

— Faites-la parler, ordonne-t-il à ses sbires avant de s'éloigner.

~

Bo

Je fais beaucoup de nouvelles expériences, aujourd'hui. Je n'avais jamais quitté l'Arizona. Jamais pris l'avion. Jamais pris le taxi.

Mais tout me semble facile, parce que je suis en mode guerrier. Prêt à mettre en pièce ces salauds une fois que je leur aurai mis la main dessus.

Je traverse à grands pas l'entrepôt de stockage, la clé à la main, à la recherche du bon box. J'ai dû signer un registre et montrer ma carte d'identité ainsi que la clé, mais personne ne m'a empêché d'entrer. Cet endroit, ce n'est pas Fort Knox. Si les biens sont toujours en sécurité, c'est uniquement parce que le box est au nom de S. MacCormac, mal écrit, et parce que personne n'est au courant de son existence.

Je trouve le bon numéro, et la clé tourne aisément dans la serrure. Une fois entrée, je ferme la porte derrière moi, bien que l'intérieur ne soit pas éclairé.

Il y a quelques cartons. Trois tableaux enveloppés dans des couvertures, y compris une petite toile représentant un oiseau. Et un petit coffre-fort verrouillé. J'essaye la clé du box, et je lâche un éclat de rire soulagé lorsqu'elle tourne dans la serrure.

Pour une fois dans ce nid d'embrouilles, quelque chose se déroule sans encombre.

J'ouvre le coffre, et mon corps régit avant mon esprit face à ce qu'il contient.

Des lingots d'or. Tous fins et de la taille d'un iPhone. Beaucoup plus que les six lingots que le mafieux a demandés à Sloane. Je les compte rapidement. Il y en a près d'une trentaine. Ce qui veut dire qu'elle n'a pas non plus besoin de s'inquiéter pour ses frais d'université.

Enfin, si elle est encore en vie, et que j'arrive à la retrouver.

~

Sloane

Oh non, c'est le moment où je me fais torturer. J'ai toujours cru que j'étais forte, mais là, je me fais dessus, tellement j'ai peur.

— Attendez ! lancé-je en direction de Don Salvatore.

Je ne sais pas si cet or existe vraiment et s'il se trouve à un endroit qui m'est accessible, mais il faut que je gagne du temps.

— J'ai encore de l'argent pour vous. Quinze mille dollars. C'est... c'est mon ami qui les a. Il peut vous les apporter. Laissez-moi l'appeler.

C'est mal d'impliquer Bo. Très mal. Mais si j'arrive à lui faire passer un message, il pourra peut-être prévenir la police.

Me retrouver et appeler à l'aide. Est-ce que le traçage fonctionne même quand la localisation est désactivée ? Je croise les doigts pour que ce soit le cas.

Salvatore penche la tête sur le côté d'un air renfrogné. Je ne pense pas qu'il me croie, mais il est assez vénal pour être intéressé. Il sort mon téléphone et le rallume. Il ne doit rester qu'un pour cent de batterie, depuis le temps.

— Son nom ?

Je m'éclaircis la gorge. Bon sang, j'ai vraiment envie de faire ça ? Et s'il me tue et décide de harceler Bo à la place ? Mais je ne vois pas d'autre solution.

— Bo, réponds-je.

Salvatore le cherche dans le répertoire et active le haut-parleur du téléphone, qu'il place juste devant moi.

— *Sloane.*

Le ton de sa voix me dit qu'il sait que j'ai disparu. Je sanglote presque de soulagement en entendant son timbre clair et puissant.

— Salut, Bo, dis-je à toute vitesse. Tu te souviens de l'argent... l'argent que j'avais, et qui appartenait à quelqu'un d'autre ?

— *Je l'ai.*

Je reste momentanément sans voix face à sa réponse inattendue. On dirait qu'il comprend tout de suite qu'il doit couvrir mon mensonge.

— Ah... ah bon ?

— *Oui. Ta tante a mis de côté les lettres de ton père pour toi, et on a tout compris. Où es-tu ?*

Mon cerveau fonctionne trop au ralenti pour comprendre ce qu'il me dit. Il a compris où se trouve l'or ? Je ne croyais pas cela possible, mais l'espoir commence à enfler en moi.

Je suis également frappée par le ton menaçant de sa voix. Je me souviens qu'il se sert de la colère pour masquer sa peur, et je suis incapable de ravaler mes larmes de gratitude.

Le sourire de Salvatore est diabolique. Il désactive le haut-parleur et s'éloigne avec le téléphone.

— *Toi*, où es-tu ? demande-t-il.

Je n'entends pas la réponse de Bo, seulement une voix dure étouffée.

— 2915, 45e Rue. Il y a un hangar. Retrouve-moi dans quarante minutes, ordonne Salvatore d'un air satisfait.

Quarante minutes ? Bo est là ? Dans le Michigan ? Il a dû venir chercher l'or. Ou me chercher moi.

Ce mec est un putain de héros. Plus que dégourdi. Plus que ce que je mérite, que tout ce que j'aurais pu espérer.

Et il a fait tout ça pour moi.

J'ai les joues baignées de larmes.

— Appelle le Russe et embarque la fille, dit Salvatore à Vinny et Tom. Il a déjà payé pour elle.

— Attendez ! protesté-je, en proie à la panique. Vous ne m'emmenez pas ? Pour m'échanger contre les lingots ?

Le mafieux s'éloigne avec une autre bande de sous-fifres en costumes et claque la porte derrière lui.

Merde !

Je prie en boucle : *pitié, faites que Bo ne meure pas. Pitié, faites que Bo ne meure pas. Faites qu'on s'en sorte tous les deux vivants.*

Bo

J'ai du mal à ne pas me transformer. L'adrénaline rugit

dans mes veines au point de donner envie à mon loup de sortir pour égorger quelqu'un.

Bientôt.

Pour l'instant, il faut que je garde la tête froide. Que je mette Sloane en sécurité.

Je fourre le tableau et les lingots dans mon sac à dos et me mets à courir en direction du point de rendez-vous, vu que je n'ai pas de voiture. Au début, je croyais qu'il s'agissait de l'endroit où se trouvait le portable de Sloane avant de disparaître de la carte, mais en fait, l'adresse se trouve à près de deux kilomètres de là.

J'essaye de ne pas penser à tout ce qu'ils pourraient être en train de lui faire. Sinon, je me transformerai sur-le-champ en déchirant tous mes vêtements.

Je trouve le hangar, mais il n'y a personne, alors je m'adosse au mur métallique et patiente. Cinq minutes plus tard, une Cadillac au moteur gonflé arrive. Les vitres sont teintées, et sans doute pare-balles. Je ne peux pas voir si Sloane se trouve à l'intérieur. La portière de derrière s'ouvre, et un homme d'âge mûr en costume sort du véhicule. Deux autres types viennent se placer de chaque côté de lui.

Je n'en suis pas sûr, mais j'ai l'impression qu'il n'y a personne d'autre dans la voiture. Je m'approche pour essayer de la sentir, de voir à l'intérieur.

Mais mon instinct me dit qu'elle n'est pas là.

Merde ! J'aurais dû me rendre à l'endroit qu'indiquait son portable au lieu de me pointer ici.

— Où est Sloane ? demandé-je d'un ton impérieux.

— Montre-moi ce que tu m'apportes.

J'ouvre mon sac à dos et lui montre les lingots et le tableau. Ses yeux luisants auraient dû me mettre la puce à l'oreille quant à ses intentions, mais je ne m'inquiète pas pour moi, je m'inquiète pour Sloane.

— Où est-elle ? insisté-je.

Le mafieux sort un flingue, le pointe vers ma poitrine et tire. L'impact me projette sur le dos.

Je dois faire un effort surhumain pour ne pas me transformer, mais je tiens bon, car juste avant que la balle parte, l'un des discours de mon coach m'est revenu à l'esprit.

Parfois, pendant un combat, il faut savoir tomber. Mettre son ego de côté et laisser croire à l'adversaire que vous êtes tout aussi humain que lui. Perdre une bataille personnelle pour que la meute remporte la guerre.

Alors je reste à terre, en priant pour qu'il ne vienne pas m'achever d'une balle dans la tête.

L'un de ses sbires se hâte de récupérer mon sac à dos, puis ils disparaissent. En un clin d'œil.

Ils ne vérifient même pas si je suis mort, ne prennent pas la peine de se débarrasser de mon corps. Rien.

J'ai du bol.

Je compte jusqu'à cinq, puis je me mets debout, me débarrasse de mes vêtements et les cache derrière une benne à ordure pour me transformer. Il faut que je sois sous ma forme de loup pour guérir plus vite et arrêter l'hémorragie. Et pour me rendre à l'autre adresse.

Pitié, faites qu'elle y soit toujours.

Pitié, faites qu'elle soit vivante.

Je sais qu'il n'y a aucune chance qu'ils la relâchent, maintenant qu'ils ont ce qu'ils cherchaient. Il faut que je la trouve.

Les loups ne sont pas censés s'afficher en pleine rue et en plein jour, mais là, je me fiche complètement du règlement de la meute. Tout ce que j'espère, c'est que je cours assez vite pour que les gens qui m'aperçoivent doutent de ce qu'ils ont vu.

Quand j'arrive à l'adresse que j'ai apprise par cœur, je suis récompensé par son odeur.

Puis je la vois. Un type blond et mince est en train de la pousser vers une voiture au moteur allumé en lui collant un pistolet à la nuque. Elle a un sac sur la tête, mais elle marche seule, les mains attachées derrière le dos. Je ne vois personne dans la voiture.

Un seul mec. Et un flingue.

Je suis capable de gérer. Mais il faut que j'attende qu'il décolle son arme de ma copine. Le salaud ouvre le coffre et la jette à l'intérieur. J'attends qu'il l'ait refermé pour me diriger vers le côté conducteur en poussant un grognement.

Le type s'arrête net en me voyant, puis pointe son flingue vers moi avant de changer d'avis et d'ouvrir sa portière.

Trop tard. Mes pattes avant atterrissent sur ses épaules, et il tombe en arrière. Son arme est projetée au sol. Je dois prendre sur moi pour ne pas le tuer. Mon instinct meurtrier est tellement fort que j'ai dû mal à réfléchir. Mais sortir Sloane de là est ma priorité.

Et un véhicule nous tombe tout cuit dans le bec pour nous permettre de fuir. Alors j'enfonce les crocs dans l'épaule du type et le traîne au sol. Quand je le lâche, en grognant et en déchirant ses vêtements comme si j'étais enragé, il recule. Il lâche une série de jurons dans une langue que je ne reconnais pas. Pas de l'italien. Du russe, peut-être.

Je le repousse encore, jouant sur la peur instinctive que les loups provoquent chez les humains pour lui faire oublier tout bon sens, puis je fais demi-tour et me jette sur le siège passager. Je me transforme en atterrissant. Mes doigts sont déjà tendus pour fermer la portière, mon pied sur l'accélérateur. Je me penche pour éviter que le type voie mon visage pendant que nous nous éloignons, et je prie pour qu'il n'ait pas le temps de ramasser son arme et de tirer dans le coffre avant que nous tournions au coin de la rue.

Je prends les larges rues de la zone industrielle à cent

cinquante kilomètres-heure. Personne ne semble nous suivre, mais j'ai envie de cacher cette voiture et de sortir ma copine de ce putain de coffre.

Et de me rhabiller.

Cette idée me pousse à prendre la prochaine à gauche et de regagner l'endroit où je me suis fait tirer dessus. Je gare la voiture derrière le hangar et bondis hors de mon siège.

— Sloane, m'exclamé-je à la seconde où j'ouvre le coffre.

— Bo ? demande-t-elle d'une voix incrédule.

J'ôte le sac qu'elle a sur la tête et déchire le serre-câble qui lui menotte les poignets avec l'une de mes canines.

— Oh la vache ! J'ai bien entendu des choses, mais je ne savais pas ce qui se passait ! dit-elle.

Elle se redresse maladroitement, et j'examine son visage. Un bleu de la taille du New Hampshire lui couvre une joue.

Je grogne et me transforme presque à nouveau. Elle sursaute.

— Désolé, dis-je en me secouant pour me reprendre. Ton visage... putain.

Elle se jette à mon cou et me serre tellement fort qu'elle m'étrangle presque. Moi aussi, je l'étreins, la soulevant du sol pour enfouir le nez dans ses cheveux.

— Bo.

Elle pleure. Je la serre plus fort.

— Je suis folle amoureuse de toi.

Ses mots me traversent de part en part et emplissent chaque recoin de mes entrailles. Elle me lâche et ajoute :

— Tu t'es fait tirer dessus. Et il faut qu'on te trouve des vêtements.

— Juste là, dis-je.

Je récupère mes vêtements derrière la benne et les enfile sur-le-champ.

— Je suis désolée. Vraiment désolée pour tout.

Elle se remet à sangloter. J'essuie ses larmes, en faisant attention à sa joue tuméfiée.

— Ne t'inquiète pas. Tout va bien, ma belle. Tu es à moi, maintenant.

Elle lève ses yeux cuivrés vers moi avant de se pencher en avant, blottie contre mon torse. Son geste est tendre. Doux, incroyablement doux. Si différent de ce que nous avons partagé jusque là. Je grave ce moment dans ma mémoire, car il me semble important.

C'est la première fois qu'elle se donne à moi. Pleinement.

Je l'enlace et l'éloigne du hangar. Loin de l'endroit où j'ai failli la perdre.

— Viens. Il faut que je te montre quelque chose.

~

Sloane

C'est surréaliste. Bo et moi sommes main dans la main en face de mon ancien collège, devant l'entrepôt de stockage. Il m'a raconté ses aventures incroyables pendant que nous marchions. Don Salvatore a son argent. Il ne m'a pas moi, mais il croit sûrement que quelqu'un m'a kidnappée après une attaque de loup. Comme il m'a déjà vendue au Russe, il ne se lancera sans doute pas à ma recherche.

Nous avons sans doute de bonnes chances de nous en tirer sans trop de dommages.

— Dans une de ses lettres, ton père te disait d'ouvrir un box de cet entrepôt s'il lui arrivait quelque chose, m'explique Bo.

Il me tend un porte-clés, celui qui contient celle de mon

antivol.

— La clé du box est là.

Je secoue la tête.

— Oh la vache. Je ne m'en serais jamais doutée, réponds-je.

Il sourit.

— Ouais. Tu veux voir ce qu'il contient ?

Il a l'air enthousiaste.

— Carrément, réponds-je.

Bo ouvre le box.

— Ton père l'a mis à ton nom, mais avec des fautes, pour que le FBI ne mette pas la main dessus. C'était malin.

Mon cœur bat à cent à l'heure. Vu la jubilation de Bo, il doit y avoir de l'argent dans le box.

— Qu'est-ce qu'il y a dedans ? m'enquiers-je en sautillant comme une gamine.

Je ne me souviens pas de la dernière fois que j'ai ressenti un tel enthousiasme. Ça doit dater d'avant l'arrestation de mon père. Mais désormais, tout est à découvert. L'ancienne Sloane s'est ouverte de bien des manières, et ça m'a fait un mal de chien, mais désormais, il y a de la place. De la place pour laisser émerger la nouvelle moi. Qui qu'elle soit.

Bo me montre ce qu'il a découvert. Deux autres tableaux et un coffre plein de lingots d'or. Plus de deux douzaines. Je lâche un éclat de rire hystérique.

— Ça fait quoi... un million de dollars et demi ?

— Ouais. On dirait que le financement de tes études est assuré, finalement.

Je me plaque une main sur la bouche.

— Oh la vache.

Les idées se succèdent dans ma tête. Mais mon père était un escroc. Il arnaquait les gens pour leur voler leur argent. Merde. Je ne peux pas le garder.

Bo me donne un petit coup de hanche.

— Une partie de cet argent est forcément clean. Tu aurais au moins dû toucher son assurance vie, vu que son suicide n'en était visiblement pas un.

— Bon, je peux toujours y réfléchir. Qu'est-ce qu'on en fait, en attendant ?

Bo sourit.

— Aucune idée. Tu vas peut-être devoir nous voler une voiture pour qu'on rentre, parce que je n'ai pris qu'un aller simple. Ou alors, on peut vendre l'un des lingots et t'acheter une bagnole. Ouais, bonne idée.

Je me jette dans ses bras, car tout me semble beau et amusant. Tout est possible. Il me serre contre lui, et je colle ma joue à son torse pour écouter les battements réguliers de son cœur.

— Bo ? Tu ne vas pas m'effacer la mémoire, hein ?

Il me serre avec plus de force.

— Certainement pas. Tu es à moi. Je te marquerai, si c'est ce qu'il faut pour le leur prouver. Personne n'a intérêt à t'éloigner de moi à nouveau.

Je ne sais pas ce qu'il entend par là, mais je lui fais confiance.

S'il dit quelque chose, c'est que c'est vrai.

Il va me garder.

C'est une drôle de sensation. Toute ma vie, j'ai eu l'impression d'être en trop. Je me suis excusée d'exister.

Mais à présent, quelqu'un me revendique.

Bo me veut. Il me garde.

Et j'ai eu beau le repousser, terrifiée de me dévoiler à quelqu'un, je ne peux plus lui résister. C'est fini, ça.

Parce que lui aussi, il est à moi.

Mon loup. Mon héros. Mon chevalier.

ÉPILOGUE

Bo

La foule présente sur le parking après le match s'ouvre devant moi et les autres alpha-brutis. Nous venons d'infliger une raclée à Cave Hills, et je cherche Sloane. Je l'ai vue dans les gradins, tout à l'heure, à me regarder, mais je ne l'ai pas touchée depuis des jours. Pas depuis que nous sommes rentrés du Michigan, et j'ai hâte de la dévorer.

— Hé, Bo, me lance Austin. Tu viens avec moi sur la mesa ?

— Euh, non merci.

Je ne pense pas aller sur la mesa. Je n'ai même pas encore présenté Sloane aux métamorphes du lycée de Wolf Ridge. Et je ne suis pas sûr d'être prêt pour ça. Parce que si qui que ce soit se montre désagréable avec elle – et c'est probable, vu qu'elle vient de Cave Hills –, je le tuerai. En plus, je n'ai pas encore dit à mes amis qu'elle était au courant de notre existence. C'est un problème qu'il me reste à régler, même si après avoir découvert que Bailey savait tout, notre alpha ne l'a pas obligée à se faire effacer la mémoire. Bon, elle vit à Wolf Ridge, et sa mère travaille à la brasserie. Il se dit peut-être que comme elle appartient à la communauté, c'est moins grave. Ou alors il prévoit de lui effacer la mémoire quand elle quittera le lycée... je ne sais pas.

Le petit frère d'Austin, Abe, vient nous rejoindre, les yeux tournés vers un groupe de filles dont Bailey fait partie.

— Je vous accompagne, dit-il.

Austin éclate de rire.

— T'as qu'à croire.

Les soirées sur la mesa sont réservées aux élèves les plus populaires. Aux alpha-brutis de terminale et à ceux que nous jugeons dignes de notre présence. Et en général, cela n'inclut pas les secondes, même s'ils font partie de notre équipe.

Ce soudain intérêt d'Abe pour nos soirées n'est sans doute pas sans rapport avec l'autre seconde qui passe du temps avec notre groupe parce qu'elle est amie avec Bailey : l'avorton, Rayne. La métamorphe incapable de se métamorphoser.

Mmm.

Je suis surpris. Tout le monde met Rayne à l'écart depuis... toujours. Étonnant, comme l'arrivée d'une nouvelle élève a pu changer son statut du tout au tout.

— Qui est-ce que tu cherches ? Miss *60 Secondes Chrono* ? me demande Cole en me voyant aussi distrait.

— Arrête. Ne l'appelle pas comme ça.

— Elle est là ?

Il suit mon regard des yeux quand je l'aperçois. Elle est repérable entre mille. Son joli visage s'élève parmi la foule d'élèves de Cave Hills.

Je passe à mon tour la foule en revue, curieux de voir l'humaine qui mène Bo par le bout du nez.

— On se retrouve après, dis-je en me dirigeant vers elle.

Je la rejoins alors qu'elle attend près de sa voiture. Elle s'est acheté une BMW décapotable, parce qu'elle a un faible pour les belles bagnoles. Nous l'avons échangée contre un lingot d'or à un mec trouvé sur un site de petites annonces, et nous l'avons conduite jusque dans l'Arizona, les cheveux au vent et la musique à fond.

C'était il y a trois jours.

Trois jours que je n'ai pas posé les mains sur son corps délicieux.

Trois jours que je ne l'ai pas vue en vrai.

Mais nous n'avons pas arrêté de nous parler pour autant. Depuis notre retour, nous nous envoyons des tas de messages tous les soirs. Il me reste tant de choses à découvrir sur elle. Sur sa personnalité.

Mais cette histoire de mémoire à effacer me pèse toujours sur la conscience, et il faut que je trouve une solution.

J'ai filtré les appels de Garrett jusqu'à ce qu'il me menace d'appeler son père, l'alpha Green, s'il n'avait pas de mes nouvelles. Alors je l'ai appelé pour lui dire d'aller se faire foutre.

Bon, je n'ai pas vraiment dit ça, parce que je tiens à mes couilles.

— Marque-la ou efface-lui la mémoire, ce sont tes seules options, m'a-t-il ordonné. Je refuse qu'une meuf de Cave Hills révèle l'existence de nos deux meutes.

Du coup, je me retrouve avec une érection d'un kilomètre à l'idée de la marquer, ce qui est un peu l'équivalent d'un mariage, chez les loups. Mais en plus sérieux. Parce qu'une fois qu'un loup a marqué sa compagne, il lui est impossible de la quitter. Et je suis carrément partant. Il faut juste que je m'assure que ce soit réciproque.

— Salut, Gambettes, dis-je d'une voix grave en la plaquant contre sa BMW avec mon bassin, une main de chaque côté d'elle.

Elle me passe les bras autour de cou et m'adresse un sourire radieux. Chaque mégawatt de ce sourire me chauffe la poitrine. Je sens sa joie. Sa sincérité. Son attachement à moi. Moi qui la trouvais déjà sublime avant, c'est encore plus fort maintenant que sa carapace a disparu. Elle ne joue plus les princesses de Cave Hills. Désormais, elle est à couper le souffle. Une vraie déesse.

Et elle est à moi.

Ou en tout cas, c'est ce que je souhaite.

— Joli match, Musclor, ronronne-t-elle. Alors, dis-moi... vous faites exprès de lâcher le ballon ou de vous laisser plaquer au sol pour donner le change ?

— Chut, dis-je en regardant autour de nous. Oui. Pour nous, tout l'intérêt, c'est de rendre le match divertissant, qu'on gagne ou qu'on perde.

— Mmm, cool.

Elle me presse le biceps et me lance un regard sulfureux.

— Bon sang, Sloane. Si tu continues à me regarder comme ça, je vais finir par te baiser contre la voiture.

— C'est ça que tu as prévu ce soir ? Tu vas sans doute devoir te glisser par ma fenêtre. Même si ma tante Jen est folle de toi. Tu es son héros, à elle aussi.

J'avance le bassin pour frotter mon érection palpitante à son ventre.

— Arrête de me faire bander. Il faut qu'on parle.

Elle hausse les sourcils.

— Ah bon ?

— Oui. Allons faire un tour en voiture, dis-je en ouvrant la portière passager.

Elle esquisse un petit sourire.

— Et j'imagine que tu veux conduire ?

Je me penche pour l'embrasser langoureusement.

— Toujours, réponds-je.

Je lui prends les clés des mains.

— On va où ?

— Juste faire un tour.

Nous quittons le parking bondé, et je suis l'instinct de mon loup, qui m'entraîne vers les montagnes. J'ai tellement envie de Sloane que je me prépare déjà mentalement à la marquer. Je me gare avant d'atteindre la mesa, là où les jeunes de Wolf Ridge aiment faire du feu et boire des bières le week-end. Puis je coupe le moteur.

— C'est ton idée du romantisme, cet endroit ?

— Peut-être, réponds-je. Écoute, je veux te parler de ce que tu sais. De ce qu'on m'a ordonné de faire.

Elle se raidit.

— Tu ne peux pas m'effacer la mémoire, Bo.

Je lui prends la main et la plaque à mon torse.

— Je ne le ferai pas. Je refuse de le faire. Mais voilà le truc.

Je marque une pause, conscient que mon cœur bat à cent à l'heure. Le sent-elle ? Je prends une grande inspiration et poursuis :

— Les loups revendiquent leur compagne. À vie. C'est métabolique. On mord notre compagne pour marquer sa peau de notre odeur, ce qui éloigne les autres mâles. Si je te marque, ils sauront que tu ne représentes pas de danger.

Sloane garde un silence total. Elle respire à peine.

— Donc tu as *envie* de me mordre ? demande-t-elle enfin.

Je laisse échapper un rire, et ma tension avec.

— Oh, je *vais* te mordre, oui.

J'ai dit ça comme si elle n'avait pas le choix, mais

évidemment, je n'ai pas l'intention de la revendiquer contre son gré.

— Ça voudra dire que tu es mienne. Pour toujours. Parce que je t'aime, Sloane. Pour moi, tu es tout ; la terre, la lune, les étoiles. Et je préfère mourir plutôt que te quitter. Même sans morsure d'accouplement.

Je sens le sel de ses larmes avant de réaliser qu'elle pleure.

— Sloane ?

Je panique. Merde. Si elle n'en a pas envie, nous trouverons une autre solution.

— Moi aussi, je t'aime, dit-elle d'une voix étranglée. Tu représentes tellement plus que tout ce que j'avais pu attendre d'un ami, d'un amant, d'un petit ami... de qui que ce soit. Et ce qui me fait le plus peur, c'est de te perdre. Alors oui, carrément. Je veux que tu me mordes.

Je lui saute dessus sur-le-champ. Cette foutue bagnole est trop petite pour moi, mais je me penche par-dessus la console centrale pour m'emparer de sa bouche, glisser la langue entre ses lèvres, m'abreuver d'elle. Le simple fait de savoir qu'elle est d'accord fait sortir mes canines, dont s'écoule le fluide de revendication.

Je ne peux pas me permettre de perdre le contrôle. Je dois découvrir comment faire ça sans la tuer, car les morsures de marquage sont généralement profondes et situées tout prêt de la jugulaire.

— Ne bouge pas, grogné-je.

Je descends de la voiture et fais le tour pour la rejoindre. Je me laisse tomber à genoux devant sa portière ouverte et plonge la tête entre ses jambes.

— Enlève ton jean, princesse.

Elle ôte son pantalon et sa culotte en se tortillant, puis passe ses longues jambes autour de mes épaules pendant que je la lèche avec la ferveur d'un fanatique. Oui, un fanatique bien décidé à donner du plaisir à ma future compagne. Je la rends folle d'excitation, mon membre tendu contre ma fermeture éclair tant j'ai besoin de jouir. Mais je ne libérerai pas mon sexe maintenant. Pas avant de l'avoir mordue. Je dois garder la tête froide.

J'enfonce un doigt en elle et caresse son clitoris avec le pouce pendant que je cherche son point G.

Quand je le trouve, elle pousse un cri et me tire les cheveux.

— Jouis pour moi, Gambettes.

Je promène mes lèvres sur sa cuisse, jusqu'à la zone qui m'intéresse : ses fesses rebondies, là où sa cicatrice ne se verra pas et où je ne risque pas de la mettre en danger. Je glisse un deuxième doigt en elle et me mets à faire des va-et-vient, caressant son point G encore et encore jusqu'à ce qu'elle ondule, se tortille, et pousse un cri alors qu'elle atteint l'orgasme, son sexe contracté et trempé autour de mes doigts.

Alors j'enfonce les dents dans sa chair.

Mon loup hurle de plaisir. Je parviens à ne pas me jouir dessus alors que je continue à aller et venir en elle avec mes doigts, que j'ôte mes crocs de sa fesse et que je lèche la plaie pour qu'elle guérisse plus vite.

— Ça va, ma belle ? Dis-moi que ça va.

Mon loup se déchaîne en sentant l'odeur de son sang, même si c'est lui qui lui a infligé ça. Je suis complètement fou d'elle. Prêt à baiser. Prêt à lui offrir mes couilles sur un plateau pour le restant de mes jours.

Elle halète, ses doigts fins toujours enfoncés dans mes cheveux.

— Je vais bien. Tout va bien, répond-elle.

Je dépose une pluie de baisers le long de sa jambe.

— Désolé de t'avoir fait mal.

— Ne le sois pas. J'ai adoré.

— Je t'offrirai une bague. Ou un autre symbole humain, comme tu préfères, lui promets-je, même si le seul argent que je possède, c'est ce qu'il reste des gains de mon combat.

Je peux refaire un tour dans l'arène. Si elle ne veut pas se servir des autres lingots d'or, je prendrai soin d'elle.

Son rire est grave et langoureux.

— Je n'ai pas besoin de bague, Bo Fenton. Une morsure, c'est bien mieux. Je me suis trouvé un loup.

La façon dont elle prononce le mot *loup* me donne l'impression d'être une créature exotique, insensée. Et de son point de vue, c'est sans doute le cas.

Je recule et lui mets un pansement sorti de la trousse de secours que j'ai achetée pour l'occasion, puis, avec précaution, je l'aide à remettre sa culotte et son jean. J'ai envie de la pénétrer, mais je vais attendre. La marquer m'a déjà énormément soulagé, alors je peux patienter jusqu'à ce qu'elle guérisse. Ou jusqu'à ce que je me glisse par sa fenêtre après l'avoir déposée chez elle.

— Où vont toutes ces voitures ? me demande Sloane quand une nouvelle paire de phares passe devant nous.

— Sur la mesa. Tu veux rencontrer la bande ? Les autres alpha-brutis et notre cour royale ?

Personne ne l'embêtera, maintenant que je l'ai marquée. Il y aura des tonnes de ragots, mais ils apprendront à la traiter comme la reine qu'elle est.

Sloane m'adresse un sourire renversant.

— Carrément. Tant que c'est avec toi, je suis partante.

Tant que c'est avec toi, je suis partante.

Ouais, c'est réciproque. Nous avons toute la vie devant nous... ensemble. On pourrait difficilement faire mieux que ça.

Je l'embrasse sur la bouche.

— Je t'aime, Gambettes.

Avec un petit gémissement ravi, elle répond :

— Moi aussi je t'aime, Musclor.

J'éclate de rire et ferme la portière, avant de faire le tour de la voiture pour aller la présenter à mes amis.

Découvrez Alpha par Alliance, le Tome 3 de la série Lycée Wolf Ridge

Alpha par Alliance

1re Leçon du Lycée de Wolf Ridge : Dominer ou se Soumettre.

Dans cet établissement, c'est bouffer ou être bouffé, et les loups en haut de la chaîne alimentaire – comme mon demi-frère – dominent tout le monde.

Pour les gens qui comme moi sont en bas de la chaîne ? Il faut se faire discret.

Mais à présent que mon nom est associé à celui de Wilde,
à présent que nous formons une « famille »,
je ne peux plus me cacher.

Et ce sportif arrogant est bien décidé à me punir.
Mon crime ? Avoir entaché sa réputation.

Il a découvert mon secret
et il s'en sert contre moi.

Je préférerais mourir plutôt que tout le monde l'apprenne.
Alors je cède aux exigences de Wilde.

Mon lit.
Mon corps.
Ma soumission.

Le pire, c'est que *je ne veux pas que ça s'arrête.*

Alpha par Alliance (Lycée Wolf Ridge Tome 3)

Abonnez-vous à la newsletter de Renee

Abonnez-vous à la newsletter de Renee pour recevoir livre gratuit, des scènes bonus gratuites et pour être averti·e de ses nouvelles parutions !

https://BookHip.com/QQAPBW

La Proie de l'Alpha
Le Sang de l'Alpha
Le Soleil de l'Alpha
La Lune de l'Alpha

Le Ranch des Loups

Brut
Fauve
Féral
Sauvage
Féroce
Impitoyable

Deux Marques

Indomptée (libre)
Tentée
Désirée
Séduite

La Bratva de Chicago

Prélude
Le Directeur
Le Stratège
Possédée
L'Homme de Main
Le Soldat
Le Hacker
Le Bookmaker
Le Nettoyeur
Le Coureur
Le Gardien

Les Nuits de Vegas

Roi de carreau
Atout cœur
Valet de pique
As de cœur
Joker Mortel
Dame de trèfle
Cartes sur Table
Bonne pioche

Série Made Men
Ne m'Aguiche Pas
Ne me Tente Pas
Ne m'Oblige Pas

Série Chicago Sin
Nid de Péché
Ancré dans le Péché

Dompte-Moi
Son Maître Royal
Oui, Docteur
Son Maître Russe
Son Maître Marine
Soumise à leur Punition
Son Maître Pompier

Alpha des montagnes
Le héros: L'homme des montagnes
Rebel
Le guerrier

Maîtres Zandiens
Son Esclave Humaine

Sa Prisonnière Humaine
Le Dressage de Son Humaine
Sa Rebelle Humaine
Sa Vassale Humaine
Son Compagnon et Maître
Animal de Compagnie Zandien
Sa Possession Humaine

Les Épouses Zandiennes

La Nuit des Zandiens
Achetée par les Zandiens
Dominée par les Zandiens

À PROPOS DE RENEE ROSE

RENEE ROSE, AUTEURE DE BEST-SELLERS D'APRÈS USA TODAY, adore les héros alpha dominants qui ne mâchent pas leurs mots ! Elle a vendu plus d'un million d'exemplaires de romans d'amour torrides, plus ou moins coquins (surtout plus). Ses livres ont figuré dans les catégories « Happily Ever After » et « Popsugar » de USA Today. Nommée *Meilleur nouvel auteur érotique* par Eroticon USA en 2013, elle a aussi remporté le prix d'*Auteur favori de science-fiction et d'anthologie* de Spunky and Sassy, et celui de *Meilleur roman historique* de The Romance Reviews. Elle a fait partie de la liste des meilleures ventes de USA Today sept fois avec plusieurs anthologies.

Abonnez-vous à la newsletter de Renee pour recevoir des scènes bonus gratuites et pour être averti·e de ses nouvelles parutions!

https://www.subscribepage.com/reneerosefr